登場人物

アルノルト・レークス・アードラー

第七皇子。18歳。無能・サボり魔かつ遊び呆《ほう》けている放《ほう》蕩《とう》皇子であるため、「双子の弟であるレオナルトに全てを吸い取られた『出《で》涸《が》らし皇子』」とバカにされている。実際は無能ではなく、「強力な古代魔法を操るSS級冒険者・シルバー」として陰ながら帝国を守護している。

レオナルト・レークス・アードラー

第八皇子。18歳。剣術、魔法、政治、あらゆる面で優れており、次期皇帝の有力候補の一人。優しく、人を思いやれる性格で血のつながった家族同士で争うことに疑問を抱いている。兄であるアルノルトを誰よりも信頼している。

オリヒメ・クオン

極東の国ミヅホの仙姫と呼ばれる守り神。深く物事を考えない性格で、上から目線だが明るく人懐っこいためどこか憎めない。仙狐族の血筋で高い魔力を持ち結界張りを得意とし、その効果は皇国も手が出せないほど。

リンフィア

アルノルトを助けたA級冒険者。クールな性格で愛嬌はないが義理堅い。南部辺境にある流民の村の出身であり、村で起こった問題の解決をアルに依頼し、その見返りとしてアルに協力している。

フィーネ・フォン・クライネルト

名門・クライネルト公爵家の娘。国一番の美女として皇帝から蒼い鷗の髪飾りを贈られた、通称“蒼鷗姫《ブラウ・メーヴェ》”。小柄な体に似合わずグラマー。芯の通った性格で、アルノルトに全幅の信頼を置いている。

エルナ・フォン・アムスベルグ

アルノルトの幼馴《おさなな》染《じみ》。魔王を討った勇者の家系であるアムスベルグ勇爵家の跡取り娘。完璧超人と評され、歴代の勇爵家の中でもひときわ優秀。勇爵家に伝わる聖剣を使えばほぼ無敵の実力を誇る。

エリク・レークス・アードラー

第二皇子。28歳。有力な帝位候補者の一人で、外務大臣を務める。文官を支持基盤として帝位争いに参加している。冷徹でリアリストな性格だが、その力は本物で、皇太子最有力とまで言われている。

Characters

我は銀の理を知る者・我は真なる銀に選ばれし者
蒼天に満ちし神銀・緑地に散らばる真銀
其の銀は時に雷のごとく迸り・
其の銀は時に闇夜を照らす光となる
皇貴なる天銀・無垢なる白銀
真銀よ我が手に集え・かの敵を銀滅せんがために――
《シルヴァリー・エンド・セイバー》

最強出涸らし皇子の暗躍帝位争い5

無能を演じるSSランク皇子は皇位継承戦を影から支配する

タンバ

角川スニーカー文庫

22485

Contents
目次

口絵・本文イラスト：夕薙
デザイン：阿閉高尚（atd）

皇族紹介

皇帝

† ヨハネス・レークス・アードラー

† ヴィルヘルム・レークス・アードラー

第一皇子。三年前に27歳で亡くなった皇太子。存命中は理想の皇太子として帝国中の期待を一身に受けており、その人気と実力から帝位争い自体が発生しなかった傑物。ヴィルヘルムの死が帝位争いの引き金となった。

† リーゼロッテ・レークス・アードラー

第一皇女。25歳。
東部国境守備軍を束ねる帝国元帥。皇族最強の姫将軍として周辺諸国から恐れられる。帝位争いには関与せず、誰が皇帝になっても元帥として仕えると宣言している。

† エリク・レークス・アードラー

第二皇子。28歳。
外務大臣を務める次期皇帝最有力候補の皇子。
文官を支持基盤とする。冷徹でリアリスト。

† ザンドラ・レークス・アードラー

第二皇女。22歳。
禁術について研究している。魔導師を支持基盤とする。
性格は皇族の中でも最も残忍。

† ゴードン・レークス・アードラー

第三皇子。26歳。
将軍職につく武闘派皇子。
武官を支持基盤とする。単純で直情的。

† トラウゴット・レークス・アードラー

第四皇子。25歳。
ダサい眼鏡が特徴の太った皇子。
文才がないのに文豪を目指している趣味人。

† 先々代皇帝
グスタフ・レークス・アードラー

アルノルトの曾祖父にあたる、先々代皇帝。皇帝位を息子に譲ったあと、古代魔法の研究に没頭し、その果てに帝都を混乱に陥れた"乱帝"。

†アムスベルグ勇爵家

五百年ほど前に大陸を震撼《しんかん》させた魔王を討伐した勇者の血筋。帝国貴族の中で最も上位の存在であり、皇帝にしか膝を折らない。勇爵家の中でも才あるものだけが、伝説の聖剣・極光《アウローラ》を召喚できる。帝国を守護することを自らの役割とし、基本的に政治には参加していない。

†ルーペルト・レークス・アードラー

第十皇子。10歳。
まだ幼く、帝位争いには参加していない。性格は気弱。

†クリスタ・レークス・アードラー

第三皇女。12歳。
ほとんど感情を表に出さず、アルやレオといった特定の人間にしか懐かない。

†ヘンリック・レークス・アードラー

第九皇子。16歳。
アルノルトを見下しており、レオナルトにはライバル心を燃やしている。

†レオナルト・レークス・アードラー

第八皇子。18歳。

†アルノルト・レークス・アードラー

第七皇子。18歳。

†コンラート・レークス・アードラー

第六皇子。21歳。
ゴードンの同母弟。直情的なゴードンの弟にも拘らず、性格はアルノルトに似ている。

†カルロス・レークス・アードラー

第五皇子。23歳。
優秀と評されたことも、無能と評されたこともない平凡な皇子。しかし能力に反して夢見がちで英雄願望を持ち合わせている。

アードラシア帝国の皇帝。十三人の子供たちに帝位を争わせ、勝ち抜いた皇子に皇帝位を譲ろうとしている。広大な帝国を統治し、隙あらば領土を拡大してきた名君。

第一章　休戦命令

Episode 1

1

喋《しゃべ》る相手のいないパーティーはつまらないものだ。

クリューガー公爵の反乱からおよそ一か月が経《た》った。多くの貴族を巻き込んだ事件だったため、南部での後始末はかなり時間を要した。

無事にレオとフィーネたちが帝都に戻り、ある程度の後始末が終わったタイミングで、父上は南部の騒乱が無事解決したということで、城でパーティーを開いた。功労者は皆呼ばれているが、知り合いは俺の傍《そば》にはいない。みんな誰かに囲まれている。

俺は壁に寄りかかって、早く父上が退出しないかと待っていた。父上が退出しないと俺は退出できないからだ。

そんなことを思っていると、父上がおもむろにグラスを持って立ち上がる。

「今宵《こよい》は集まってくれて感謝する。南部の騒乱を解決した勇者たちには後日、しっかりとした褒賞を与えようと思うが、今宵は杯を捧《ささ》げることで代用としたい」

そう言って父上は参加者たちに杯を持たせた。そして語り始める。

「誰もが南部との全面戦争を覚悟していた。その中で勇敢にも勅使を名乗り出てくれた我らが蒼鷗姫《ブラウ・メーヴェ》！　フィーネ・フォン・クライネルト。最初の杯は彼女に捧げたい！　乾杯!!」

「蒼鷗姫に乾杯!!」

「フィーネ様に乾杯!!」

パーティー会場にいたすべての人が杯を掲げる。

フィーネの名と乾杯という声が響き続けた。

「次に捧げるべきは誇り高き兵士だろう。少数による奇襲。危険な任務だ。やり遂げられるのは彼らしかいなかった！　我が帝国軍が誇る精鋭！　ネルベ・リッターに捧げよう!!　乾杯!!」

「傷跡の騎士たちに！」

「ネルベ・リッター乾杯!!」

この一件でネルベ・リッターへの評価は一変した。彼らは兵士でありながら騎士なのだと誰もが再認識した。帝国軍唯一の騎士団。彼らはこれから一目も二目も置かれるだろう。

そして最後はレオだろうな。それが終われば父上は下がるだろう。

そんな風にボーッと考えていた。だが、少しだけ予想外のことが起きた。

「最後に捧げるのは我が息子〝たち〟！　少数による奇襲！　その策を提示し、見事に遂行してみせたレオナルト！　最後には大魔法で南部貴族たちを救ってみせた！　素晴らしいの一言しか出てこない！」

「まったくです！　レオナルト皇子には感心させられっぱなしです！」

「これは皇太子に一番近いのはレオナルト皇子になってしまうかもしれませんな！」

陽気に皆が喋り始める。しかし、父上の話は終わらない。

続きがあった。

「そして――そんなレオナルトをサポートしたもう一人の息子。気難しいネルベ・リッターを説得し、彼らを志願させたアルノルト。十分に乾杯を受ける資格があるだろう」

「え……？」

まさか自分の名前が呼ばれるとは思ってなくて、アホみたいな声が出てきた。

だが父上は真っすぐ俺を見ていた。その目は冗談を言っている目ではなかった。

「ちょっ、ち、父上？　俺は、そんな……」

「褒美を受け取れと言ってもお前は受け取らぬだろう。だからこの乾杯だけは受けよ。ネルベ・リッターがワシのところに来た。彼らを褒めたところ、全員が一斉に答えた。〝アルノルト殿下のために戦いました〟と。あの者たちにそうまで言わせたのは見事としか言いようがない。お前の弟を想《おも》う心が彼らの力を最大限に引き出した。それはレオナルトに勝るとも劣らぬ功績だ」

そう言うと父上はこれまでよりも高く杯を掲げる。

そしてパーティー会場に響くほど大きな声で告げた。

「乾杯しよう！　我らが帝国の皇子たちに！　よくやった！　我が息子たち！　ワシは誇りに思うぞ！　帝国中に伝えよ！　此度《こたび》の第一功は誰が何と言おうとこの二人だ！　帝国が誇る〝双黒の皇子〟に乾杯!!!!」

　父上のあとに大声で誰もが〝双黒の皇子に〟と告げる。

　その後は俺とレオの名前が叫ばれる。

「帝国の双黒の皇子に!!」

「アルノルト皇子に！」

「レオナルト皇子に！」

「乾杯！」

「帝国万歳!!」

　いやいや勘弁してくれ。喋る相手のいないパーティーはつまらないが、注目されるパーティーはとても居心地が悪い。まったく俺に関心がなさそうだった貴族の令嬢たちが俺のところに寄ってくる。名前も知らない貴族の男性が、まるで友人のように話しかけてきたりもした。

　彼らから逃げるように動いていると、休憩している風のレオと遭遇した。

「やぁ、兄さん。お疲れ様」

「おう、お疲れ。さっそくで悪いが、すまんな」

「え？」

　俺はそう謝るとレオの綺麗《きれい》にセットされた髪をぐしゃぐしゃにしたあと、レオを囮《おとり》にしてさっさとパーティー会場を後にする。

　付き合ってられるか。

「ちょっ⁉　兄さん⁉⁉　わっ！　ちょっと、僕は兄さんじゃないです！　レオナルトです！」

「すまん、レオ！　許せ！　俺にも助けられない場面があるんだ！」

　そんなことを小声で言いながら俺は弟にすべてを押し付けて、その場を後にしたのだった。

2

　クリューガー公爵との戦いの後、南部には父上が派遣した軍と代官たちが入って、どうにか落ち着きを取り戻し始めていた。

　そして落ち着きを取り戻したため、次の問題が浮上した。

　帝都の正門。そこをくぐったのは馬に乗った灰色の一団。そこに俺はグラウの姿で近寄る。

「そのまま歩け」

「はい……お久しぶりです。グラウ」

「久しぶりだな、アロイス」

　灰色の一団はアロイスたちだった。人質だった母親が領地に戻ってきたため、父上への謝罪に来たというわけだ。お忍び風なのはアロイスの身の安全を守るためだ。

アロイスはゴードンとクリューガー、二つの勢力の思惑を砕いた。そうじゃなくても一万の帝国軍を僅か一千で退けた少年領主として注目を集めている。狙われる理由はいくらでもある。

「君の母上は元気だったか？」

「はい、おかげさまで」

「俺は何もしていない。君の母上を助けたのはレオナルト皇子たちだ」

「無事に会えたのはグラウのおかげです」

そう言ってアロイスはフードの下で人好きのする笑みを浮かべる。そんなアロイスに苦笑しつつ、俺は本題に入った。とはいえ、すぐに済むことだが。

「アロイス。君の立場は微妙だ。処罰はされないが、政治利用されかねない」

「はい……ですが覚悟の上です。領地と南部を守れました。これ以上望めば罰があたります」

そう言ったアロイスの目は覚悟に満ちていた。ここに来るまでに覚悟を固めてきたか。処罰はないといっても、確実ではない。死刑を言い渡されるかもしれない。その覚悟までしてきたなら、どのようなことが起きても動じないだろう。

大したもんだ。同じ年齢の時、俺は自分が死ぬ覚悟ができたかどうか。いや、今だってできないな。そういう意味ではアロイスは俺なんかよりよほど立派だ。だからこそ、助ける価値がある。

「そんな君に一つプレゼントを用意した」

「プレゼント？」

「すべては君次第だ。君が君らしくあればきっと良い方に転ぶだろう」

「なるほど……では心の赴くままに過ごすことにします」

「そうしろ」

それだけ伝えると俺はその場を後にする。

すでに周りには多くの者がアロイスを監視していた。護衛を担当する近衛《このえ》騎士もいれば、アロイスの隙をうかがう暗殺者もいる。彼らの一部が俺の後をつけてくるが、路地裏に入って即座に転移で撒《ま》く。

転移したのは大通りに面した宿屋の部屋。そこにはセバスが待っていた。

「お帰りなさいませ」

「ああ。どうだ？　標的は？」

「予定通りの行動です」

そう言って俺は窓から外を見る。大通りには多くの馬車や馬が走っている。その端に止まっている質素だがしっかりとした作りの馬車があった。

「相変わらず宰相は目立つのが嫌いだな」

「あの方の性分なのでしょう」

あれに乗るのは宰相のフランツだ。フランツは愛妻家として知られており、仕事が忙しくなると妻にお詫《わ》びの品をプレゼントすることで知られている。今は従者にそれを買わせにいっているところだ。自分で行くと目立つからな。

そんなフランツに俺は心の中で謝罪しつつ、指を軽く鳴らす。それによってフランツの馬車を引く馬が暴れだした。

そして繋《つな》がれた紐《ひも》が千切れ、馬車は暴走を始める。

「申し訳ない、宰相……」

「仕方ありません。宰相をアロイス殿の味方にするにはこれが一番です」

「わかっているが、気の毒でな。自分でやっておいてなんだが」

暴走する馬車に取り残されるというのは心臓に悪いことこの上ないだろう。まぁ意図的な暴走であり、周りに被害がないように結界で馬の行き先は調整している。この一件で怪我人《けがにん》は出ない。中にいるフランツが馬車嫌いになるかもしれないが、まぁ大丈夫だろう。

暴走する馬車はどんどん加速していく。馬が興奮しており、コントロールする従者もいないからだ。フランツに止める術《すべ》はない。

何かあっても魔法で防げるが、それをする必要はない。

「あの年で大したものですな」

セバスがそう褒め言葉を口にする。その視線の先では馬に乗ったアロイスがフランツの馬車と並走していた。

「どう助けるつもりだと思う？」

「確実なのは宰相だけを救出することでしょうな。後ろについてきている騎士たちと協力すれば難しくはないでしょう。ですが」

「暴走した馬が周りの人を怪我させるかもしれないな」

「はい。一番は馬を落ち着かせることです。ですが、ただでさえ興奮状態の馬にほかの馬で近づくのは危険です。最悪、自分の馬も興奮して振り落とされかねません」

「まぁ危険は危険だが……帝国軍一万を相手に剣を握った奴《やつ》だ。それくらいの決断は軽くやるだろうさ」

　シルバーの助力があったことは事実だ。それに背を押されたことは間違いないだろう。それでもアロイスは十倍の兵力に剣を向けることを選んだ。逃げることはせず、領主として自分の領民を守ること。そして帝国貴族としてすべての民を守ることを決めた。

　わずか十二歳の子供がそう決めたのだ。

「あいつはきっとレオが皇帝になったとき、よい臣下になる」

「帝国は広大ですからな。皇帝一人では治められません。信用できる貴族が必要となります」

　そのとおりと俺は頷《うなず》く。南部は巨大な貴族を失った。きっとその領地は再分配されるだろう。しかし、南部に中心となる貴族がいなくなったことは間違いない。だがアロイスはそんな南部の中心となれる逸材だ。それだけの功績も残した。まだまだ学ばなきゃいけないことも多いだろうが、それでも将来が楽しみな奴ではある。

　見ればアロイスは馬を落ち着かせることを選んだようだ。必死に並走しながら馬車を引く馬をなだめようとしている。

　しばらくすると、フランツの馬車を引く馬はゆっくりと足を止めた。動物は恐れを抱く者には敏感だ。落ち着いたということは、アロイスも落ち着いていたということだろう。

「これでアロイスは安心だな。宰相は情に流される人物じゃないが、先を見られる人だ。アロイスの将来に期待できるとなれば、父上が処罰しようとしても止めてくれるだろう」

「皇帝陛下が処罰することはないでしょう」

「それもそうだけどな。この状況でアロイスを処罰すれば、南部はまた混乱する。ぶっちゃけた話をすれば、宰相と接点を持たせたのには別の狙いがある」

「どのような狙いですか？」

「アロイスの将来に期待を抱けば、きっと宰相はアロイスを皇帝の手元に置こうとする。つまり城に留《とど》めて学ばせようとする。そうなればレオと接点もできるだろうし、アロイスも色々と学べる。良いこと尽《ず》くめだ」

「アロイス殿が皇帝に気に入られたとみて、寄ってくる貴族も増える。それを取り込めるという打算も付け加えるべきでは？」

「そんな悪いことを考えるなんて、性格の悪い奴だな？　お前は」

「性格が悪くないと執事は務まりませんので。それはそうと、その程度の悪だくみも思いつけないとなるとこれから小言を増やさなければいけませんな」

「……」

　俺は無言でセバスを睨《にら》む。だがセバスはどこ吹く風だ。

　まったく、こいつは主人を立てるということを知らないのか。

「俺が悪いことを思いつくのはお前の影響だな。そうに違いない」

「光栄ですな」

　誇らしげに応じたセバスを再度睨み、効果がないため諦める。セバスに挑むだけ無駄だ。

「行くぞ。用事は済んだ。最近は父上のせいで注目されて動きにくいからな」

「双黒の皇子とはよく言ったものですな。こう言っておけばあなたの格が上がる。良い手を打ちましたな。皇帝陛下は」

「いい迷惑だ」

　そんな会話をしながら俺たちは宿屋を後にする。アロイスが来たということは南部が落ち着いた証拠。南部が落ち着くまでは後処理に追われていたが、これからはまた忙しくなる。

3

　アロイスが来た次の日。

　俺とレオ、そしてエリクは父上に呼び出された。ちょうど外に行こうと思ってたところで呼び出しを喰《く》らった俺はため息を吐《つ》きながら通路を歩く。

　そんな俺に声をかける者がいた。

「アルノルト殿下」

「どうした？　宰相？」

　声をかけてきたのはフランツだった。俺たちが呼び出されたということは、おそらくフランツも呼び出されている。目的地は一緒だろうから、俺とフランツは並んで歩く。

「殿下も陛下に呼び出されましたか」

「ああ、これから遊びにいこうと思ってたんだがな」

「それは災難でしたね。しかし遊びはほどほどにすべきでしょう。特に年長者を使った遊びは褒められたものではありません」

　そう言ってフランツは俺を軽く窘《たしな》めるようにジッと見つめてくる。

　さすがは宰相。鋭いな。

「何のことだ？　これでも年長者は立ててるほうだぞ？」

「とぼけなくても結構です。エリク殿下にしては生ぬるく、レオナルト殿下にしては悪辣です。ジンメル伯爵と私の接触を狙ったのでしょう？」

　父上が皇子時代から参謀を務めてきただけはある。この状況下でわざわざ動きそうなのは俺だとすぐに見抜いたか。

　フランツは宰相だ。普通なら手を出すのも躊躇《ためら》われる。そんなフランツの馬車に細工をしそうなのは帝位候補者たちくらい。そして今言ったように、帝都にいる中であんな中途半端なことをするのは俺くらいだ。

「それで？　もしも俺が何かしたとしたらどうする？」

「注意をするだけです。そういうことは〝今は〟控えたほうがよろしいでしょう」

「今は？」

「ええ。あなたのことです。私とジンメル伯爵との接触を図り、伯爵の味方を増やし、さらには伯爵を利用してほかの貴族とも接触を図る――という表の思惑に私が気づき、陛下に報告してご自分の評価が下がるというところくらいまでは想定内でしょう？　双黒の皇子と呼ばれてから目立っていますからね」

「……」

　皇帝最大の功績はフランツを宰相にしたことだと言う者もいる。それはあながち間違っていないだろう。父上の右腕にして、帝国を支える宰相。フランツは帝国の根幹を支える傑物だ。さすがに若造の考えることくらいお見通しか。

「お手上げだ。それで？　今はしないほうがいいってのはどういう意味だ？」

　降参するように両手をあげる。それを見てもフランツは驚きもしない。カマをかけたわけじゃない。全部わかったうえでの忠告だろうから当然か。

「それは陛下から説明されるでしょう」

　そう言ってフランツは一礼して先へ歩き始めた。しかし、すぐに思い出したかのように足を止めて顔だけを俺に向ける。

「そういえば……帝都に入った直後、ジンメル伯爵に灰色のフードを被《かぶ》った者が接触したそうです。おそらくジンメル伯爵に協力した流れの軍師、グラウでしょう。そのすぐ後に私の馬車が暴走したわけですが……偶然でしょうか？」

「それは初耳だ」

驚いたような演技をする。不自然さなど何もない演技だったはずだ。それを見てフランツは軽く笑みを浮かべる。

「なるほど。私の考えすぎだったかもしれませんね。帝国軍一万を撃退したジンメル伯爵に注目が集まりますが、グラウは帝国軍の手をことごとく読んでいたそうです。帝国軍の戦術を熟知している内部の者ならば可能だと踏んだのですが」

「俺は帝国軍の戦術なんて知らんよ」

「そうですか。たしかにあなたは勉強嫌いでしたからね。私の思い過ごしでしょう。失礼いたしました」

フランツはそのまま歩いていく。怖い人だ。この人が参謀にいたんだ。そりゃあ父上も帝位争いを勝ち抜けるだろうさ。僅かな手がかりでさっさと俺にたどり着きやがった。

「やっぱり目立ってると駄目だな……」

目立てば監視が増える。監視が増えれば暗躍しづらい。どうにか評価を落として、また侮ってもらいたいところだが。それはやめたほうがいいと釘《くぎ》を刺されてしまった。

「また面倒なことになるのか？」

嫌な予感を覚えながら、俺は父上のところへと向かったのだった。

■■■

「お初に御意を得ます。アロイス・フォン・ジンメルと申します」

父上の前で跪《ひざまず》くアロイスがそう挨拶した。それを受けて父上が口を開く。

「よく来た、ジンメル伯爵。此度《こたび》は釈明に参ったということでよいか？」

「はい。我がジンメル伯爵家が帝国軍と敵対したのは人質を取られ、やむを得なかったためです。陛下に反旗を翻す意思はありませんでした。どうかお許しください」

そんなことは言われなくてもわかっているだろう。だが、本人が直接来て釈明することに意味がある。なにより詳細は本人の口から聞いたほうが早い。

「言葉は信じよう。だが、帝国軍の司令官を殺したのはジンメル伯爵家と聞いているが？　それはどう弁明する？」

「釈明のしようもありませんが……我が叔父がしでかしたことです。叔父の話が本当ならば叔父は軍からの要請で狙撃を決行したようです」

父上の眉が少し動く。報告は入っていただろう。来る前にアロイスは文書で父上に釈明しているからな。

ただし直接聞くのと文書で見るのとでは訳が違う。

「つまり……軍部の者が裏切っていたと？」

「叔父の言葉を信じるならですが……ただ言っていることは荒唐無稽でしたので裏にクリューガー公爵がいたのではと思っています」

　あえてアロイスはゴードンの名を出さなかった。ここでゴードンの名前を出したところでゴードンの怒りがアロイスに向くだけだ。すでに捕まったクリューガーにすべてを押し付けたほうがアロイスのためだ。

　なにより言わなくても父上も察しが付く。たしかにゴードンなら戦争を望みかねない。それはゴードンの言動に表れている。もちろんクリューガーが裏で動いた可能性もあるし、これでゴードンを処罰しようということにはならない。

しかし疑惑は浮かぶ。それで十分だ。アロイスにはゴードンと敵対してまでゴードンを攻撃する理由はないしな。責任の話になれば叔父の動きを止められなかったアロイスの責任になりかねない。いろいろとぼかしたほうが得なのだ。誰にとっても。

「人質を取り、さらには動かぬ伯爵を動かすために無理やり戦いを起こした。たしかにクリューガーならやりかねんな。よかろう。結果だけ見ればお前が帝国軍を食い止めたおかげで奇襲は成功した。そういう意味では帝国に貢献したといえるだろう。よくやった、ジンメル伯爵」

「ありがたく」

「帝国軍に剣を向けたのもやむなし。此度の一件は不問としよう」

　今の状況でアロイスを処罰なんてできない。父上は不問としたいし、アロイスだって罪には問われたくない。なにより面倒事が続いている。クリューガーのせいにしたほうが波風は立たない。

「しばらくは城に留まるがよい。ここには帝国の逸材が集まる。学ぶことも多かろう」

「はっ、仰せのままに」

そのまま父上はアロイスを下がらせる。そして部屋には父上とフランツ。そして俺とレオ、エリクが残された。間違いなく帝位に関することだろう。

「どうして残されたかわかるか？」

「帝位についてでしょうか？」

「その通りだ。帝位争いというのは……次に帝国を率いる者を決める争いだ。強い皇帝が生まれるならば、多少の不利益は仕方あるまい。だが此度は目に余る。勢力争いの結果、内乱が起きては話にならん！」

そう言って父上は険しい表情で俺たちを睨みつける。

ま、当然の怒りだ。帝位争いはあくまで帝国の利益を損ねない範囲に抑えなければならない。

だが、今回の一件はその範囲を大きく逸脱した。

「争うのは結構。しかし治める国の利益を考えられぬなら帝位など譲れぬ。肝に銘じよ。帝位争いは帝国のための争いだ。第一は国なのだと」

「承知いたしました」

「肝に銘じます」

エリクとレオが揃《そろ》って頭を下げた。俺は別に帝位候補者じゃないしと思ってどこ吹く風の態度をとっていたら、父上が俺を睨んできた。

「アルノルト……お前はわかったのか？」

「理解はしてます。ですが俺は帝位を望んでいるわけではありませんし、なにより過激な当事者たちがいないのに言われても困ります」

「お前たちがこれから過激な当事者たちにならんという保証は？」

「ないですね」

「そういうことだ。わかったなら返事をしろ」

「はいはい、わかりました」

形だけ頭を下げると、父上はため息を吐いた。そして深く玉座に腰をかけて告げた。

「しばらくは帝位争いは控えよ。そろそろワシの誕生日が近い。つまりワシの即位二十五周年も近いということだ。この時期に争うことの愚かさがわからぬわけではあるまいな？」

「もちろんです」

「よろしい。即位二十五周年を祝い、祭りが開かれる。此度は諸外国の要人も招く。お前たちを中心として、子供たちにはその要人の歓待役を任せる。それが終わるまでは帝位争いは一旦おいておけ。ワシも考えぬ。もしもそのような素振りが見えたらわかっておるな？」

父上の言葉にエリクとレオは黙って頭を下げた。しかし、俺だけは頭を下げない。父上の意図に気づいてしまったからだ。

俺に双黒の皇子なんて面倒な呼び名を与えたのはそのためか。俺の格を上げておけば、接待役として使える。評判の悪い出涸《でが》らし皇子が接待役ではその国は軽んじられていると見られるだろう。しかし、レオと並んで双黒の皇子と呼ばれていればその限りじゃない。

　顔をしかめていると、父上はニヤリと笑って俺にも釘を刺す。

「しばらくは全員大人しくしておれ。くれぐれも自分の評判を落とすでないぞ？　そのようなことは国の利益を軽んじることと見なす」

　この男……性格が悪い。一杯くわしてやったと言わんばかりの笑みで父上は俺を見つめてくる。フランツが注意したのはこういう理由か。すべて繋《つな》がった。

　くそっ。つまりしばらくは双黒の皇子という評判を守らなきゃいけないってことだ。

「品位を保って動け。よいな？　アルノルト」

「……はい。わかりました」

　振り絞るように返事をすると父上は愉快そうに笑う。

　帝位争いは一旦休止したとしても、俺には別の戦いが待っている。俺は何もせず、適当に生きてきて評判が下がったんだ。それは別に意図したことじゃない。

　だが、それを禁止された。つまりいつもどおりでいることを禁止されたということだ。

　ちくしょう。それが嫌でレオを皇帝にしようとしてるのに、どうしてこんなことに……。

　どっと疲れを感じながら俺はここ最近じゃ一番の絶望を味わったのだった。

　そしてしばらく話が続き、もう話が終わろうとした時。エリクが余計なことを父上に聞いた。

「陛下。一つよろしいでしょうか？」

「なんだ？」

「王国の第一王子がザンドラに求婚したという話を聞きました。どうするおつもりでしょうか？　外務大臣として方針は聞いておきませんと」

「それについては保留だ。クリューガーの罪を明らかにし、奴《やつ》を処刑したあとのことになるだろう。すぐに王国へ嫁にやれば、厄介払いと見られかねん。向こうもそれについては同意している。それでもザンドラを妻にしたいらしい」

「……裏があるかと」

「裏があろうと断る理由がない。こちらも扱いに困るザンドラを引き取ると言っているのだからな。王国との関係はここ数年、微妙なものだった。それを改善するいいチャンスといえる」

「陛下がそれでいいと言うなら異論はありません」

そう言ってエリクは話を終わらせた。父上の内心はわからない。しかし、帝国からすれば願ったり叶《かな》ったりな要望ではある。

「この話題は控えよ。ザンドラを嫁に出すにしろ、時間が必要だ。しばらくザンドラは謹慎処分のままだ」

そう言って父上は玉座から立ち上がる。話はこれで終わりということだろう。

やれやれ。面倒なことになったもんだ。

4

「一時休戦……ですか？」

「ああ、再開時期は未定だけどな」

次の日。部屋で俺はフィーネに昨日のことを話していた。

フィーネは紅茶を淹《い》れながら不思議そうに訊《たず》ねる。

「それは表向きはそういうことにするということですか？」

「いいや、本当に休戦だ。ここで動くことはすなわち脱落を意味する。裏で動くとしたら、よほど巧妙に動かないとまずいが、父上の傍《そば》には宰相がいる。出し抜けるとは思えない」

「そうですな。それはエリク殿下も承知のはず。しばらく帝位争いはお休みということになるでしょうな」

「なるほど。それはとても良いことですね！」

そう言ってフィーネは笑顔で俺に紅茶を差し出す。

セバスにも手渡すと、セバスは礼を言って優雅に紅茶を飲む。

「新しい茶葉ですな？」

「はい。この前、亜人商会のほうから頂いたものです。いかがですか？」

「味は申し分ありませんし、穏やかな気持ちにさせられる香りですな」

「そうなんです！　リラックスできるかなと」

「お見事な配慮ですな」

そう言ってセバスはフィーネを手放しに褒める。そんなにかと思いつつ、俺も紅茶を飲んだ。

美味《うま》い。だが、別にリラックスはしない。いつもと違う香りだなってくらいだ。たぶん香りを楽しむという意志がないからだろうな。

「どうですか？」

「美味《おい》しい」

「味気のない答えですな。そもそもせっかく休戦となったのですから、好きなことをされてはいかがです？」

「んじゃ寝るか」

「品位を保てという指示では？」

「品位を保って寝るんだ。外に出ると品位を落とすからな。意図的に落としたこともあるが、基本的には普通にしてて評判が落ちたんだ。部屋から出ないのが得策だろうよ」

「駄目人間の発想ですな。部屋に引きこもっていれば、それはそれで評判が落ちますぞ」

「そんなこと知らん。書類作業をしてると噂《うわさ》でも流しておけ」

「それも限界があります。皇帝陛下の目もあることですし、外に出ることをおすすめします」

「嫌だ」

そっぽを向いて俺は紅茶を啜《すす》る。

そんな俺に対してセバスはため息を吐《っ》く。そして。

「なるほど。それでは仕方ありませんな。少し予定がありますので、私は席を外します。よろしいですか？」

「え？　セバスさん？」

「いいぞ。さっさと行け」

「かしこまりました。ではよろしくお願いいたします」

なぜか俺に頼む形でセバスは姿を消した。

小うるさい執事がいなくなったため、俺は盛大に欠伸《あくび》をしたあと、机に突っ伏す。わざわざベッドに行くのも面倒だ。ここらで昼寝でもするか、なんて思っていると。

「あ、あの、アル様？」

「なんだ？」

「その……私、これから外に行く予定がありまして……」

「ああ、気にしないでくれ。行ってきていいぞ」

「いえ、そうではなくて……その護衛をセバスさんがしてくれるはずで……」

「……なに？」

思わず俺は顔をあげる。

そしてさきほどの〝よろしくお願いいたします〟という言葉の意味を的確に理解した。

「あの執事め……絶対に俺を外に連れ出す気だな……」

「あの、アル様がお嫌でしたら別の方に……」

「君の護衛は信頼できる者にしか頼まない。セバスがいないなら俺が行く。リンフィアはレオのところにいるしな」

ざっと護衛をお願いできそうな人物を頭の中で浮かべるが、全員予定が入ってるはずだ。空いているのは俺だけ。そこまで計算ずくでセバスは姿を消したんだろうな。

まったく、憎たらしいほど優秀だな。あいつは。

「一緒に……来ていただけるんですか？」

「君が嫌じゃなきゃね」

「嫌だなんてとんでもない！　すぐに着替えてきます！」

そう言ってフィーネは小走りで部屋を出ていった。残された俺は着替えようか迷ったあと、すぐにその発想をかき消す。

着替えるのすら面倒だと思ってしまったからだ。こういうとき、自分が相当物ぐさな人間なのだと自覚させられる。

「やっぱり俺ってろくでなしだなぁ」

言いながらため息を吐く。ろくでなしだと自覚しても嫌だとか、恥ずかしいとか思わないあたり救いようがないと思ったからだ。

まぁそんな俺でもさすがにフィーネの護衛まではサボれない。帝位争いが休戦になっても、帝位争いが関係していない問題は山ほどあるからだ。

「はぁ……今日だけ頑張るか」

そんな薄い決意を固めたあと、俺は席を立ったのだった。

■■■

「はい、どうぞ」

「ありがとうございます、フィーネ様」

「いいえ。熱いので気をつけてくださいね」

「フィーネ様、僕も！」

「はい、わかりましたよ。慌てちゃだめですよ」

フィーネは笑顔で子供に言葉を返しながら熱いスープを皿に盛りつけ、子供に手渡す。

その横では亜人商会の者たちがパンやサラダなどを配っている。ここは帝都の最外層。

今日のフィーネの予定はそこでの炊き出しだった。元々は亜人商会が小規模でやっていたものだったが、フィーネが加わり、規模が大きくなった。フィーネ自身が直接手渡すということもあって、炊き出しに来る者は相当多い。まぁ最外層の人間以外は亜人商会の屈強な獣人たちにつまみ出されているんだが。

「よっこらせっと」

ジジイみたいな声を出しながら、俺は大量のパンが入った箱を地面に置く。

大量の人が来るということは大量の食料が必要だということだ。これだけの量の食料を用意するのは普通の商会なら大変だろうが、亜人商会は今、フィーネの名前を使って大儲《おおもう》け中だから可能なんだろう。

儲けただけなら評判が落ちそうだが、こうして最外層に炊き出しを行っているから評判も上々だ。フィーネの慈善活動に協力している商会という認識が定着しつつある。そしてフィーネの評判もさらに上がっている。

「大したもんだ」

言いながら俺はまた近くに止まっている馬車へ箱を取りに歩き出す。

まだまだ馬車の中には大量の箱がある。外に出た以上、ぼーっと見ているわけにはいかない。品位を保てという指示だしな。そんな理由で手伝うと言って、箱を運んでいるわけだが、これが思いのほか重労働だ。

非力な俺からすると箱を持ってくるだけで一苦労。俺が一個運ぶ間に亜人商会の者たちは二個も三個も運んでいく。悲しいかな。これが亜人と人間の差だ。まぁ健康的な一般人と貧弱男の差と言えなくもないが。

「腰いてぇ……」

「皇子、無理せずに休まれてはいかがです？」

大きな体の獣人がそう話しかけてきた。虎の耳と尻尾を持つ虎人の男だ。

もの凄《すご》い筋肉をしているし、箱だって二、三個を軽々持っている。

「邪魔か？」

「邪魔ではありませんが、居ても居なくても変わらないかと」

「なるほど。じゃあ居ても問題ないな？」

「問題はありませんね。ただ無理して皇子が倒れるのは問題です」

「そこまでアホじゃない。無理なら休憩するから安心しろ」

「かしこまりました」

そう言って虎人の男はニカッと笑うとまた箱の運搬をし始めた。負けじと頑張るほどの元気もないため、自分のペースで一個一個運ぶ。

そうしているうちに日が落ちていき、炊き出しは終了した。

終わった頃には俺は手が上がらなくなっていた。

「はぁ……腕いてぇ」

「アル様……大丈夫ですか？」

荷物のなくなった馬車の荷台で休んでいると、フィーネが心配そうに顔を出してきた。

その顔は多少疲れているようだが、活力に満《み》ち溢《あふ》れている。俺とはまったく違う表情だな。

「大丈夫ではないな……」

「申し訳ありません……私についてきたばかりに」

「いいさ、自分でやるって言ったわけだしな」

そんなことを言ってると外から耳障りな笑い声が聞こえてきた。

軽く外を見るとゴロツキが数人たむろしてた。

「見たかよ、今日の出涸《でが》らし皇子！」

「見た見た！　貧弱すぎて箱一つ満足に運べてなかったな！　役立たず過ぎて笑えたわ！」

「何しに来たんだよって話だよな！　お呼びじゃねぇーよ！」

「そうそう！　来るのはフィーネ様だけでいいんだよ！　あいつが来るならまだレオナルト皇子のほうがマシだぜ！」

また勝手なことを言ってくれる。

まぁ役立たずだったのは本当だし、言い返すこともできないけど。

そんな彼らをフィーネが強く睨《にら》む。そして彼らに文句を言おうとフィーネが一歩前に出た。

「放っておけ、フィーネ」

「ですけど⁉」

「いいんだ。相手にするだけ無駄だ。彼らの言ってることは間違ってない」

「でも、アル様は頑張って！」

「俺が一介の市民ならそれでいいけどな。俺は皇族だ。民に益をもたらさなきゃいけない。その皇族の役目をはたしていない以上、文句を言われるのも仕方ない」

「そんなことありません！　アル様は！」

「俺は帝国のために何もしちゃいない。そうだろ？」

熱くなっているフィーネを静かにさせるために俺はそう確認のために告げた。

すると、フィーネが泣きそうな表情を浮かべる。そんな顔はしないでほしい。

「帝位争いのせいで各地が混乱し、流通が滞り物価が上がってる。賃金は上がってないのに物価が上がれば、民の暮らしは困窮する。民のためにとレオを帝位につかせようとしてるが、結局はその争いのツケを払っているのは民たちだ。憂さ晴らしの対象が欲しいのさ。出涸らし皇子という俺はその恰好《かっこう》の的だし、それで済むなら可愛《かわい》いもんだ」

「それではアル様が……報われません」

「報われてるさ。俺には君がいる。それ以上は望んでない」

秘密の共有者を増やさないのは、必要性を感じていないからだ。増えた方が動きやすいだろうが、その分、秘密がバレやすくなる。

俺自身が精神的にまいっているなら増やすのもありかもしれないが、別にそれは望んでいない。

望外なことに偶発的に生まれた俺の秘密の共有者は良き理解者だ。

「私は……アル様がもっと認められてほしいです……」

「表向き、俺は小さなことしかしていない。小さなことしかしていない奴《やつ》には小さなことしか返ってこないさ」

「それでも……！」

「いいんだ。小さなことでもしっかりと返ってくるから」

そう言って俺は笑みを浮かべる。

　ゴロツキの前にさきほどの虎人を筆頭に屈強な獣人たちが並んでいた。

「お兄さんたち、面白い話してるじゃないか」

「え？　い、いや、そんなことは……」

「皇子が役立たずだったのは事実だが、それでも手伝ってくれた。一方、あんたらはどうだ？一体何をした？　運んだ奴と運ばない奴。どっちが立派か子供でもわかるだろうさ」

「ちょ、ちょっ⁉　なんだよ⁉」

「ちょっと店まで来てもらおうか？　ウチの姉さんが決めたことでな。仲間を笑う奴は許さん。笑った分は働いて返してもらおうか」

「おい⁉　放せよ⁉　横暴だぞ⁉」

「不敬罪で城に突き出されるよりはマシだろ？」

「出涸らし皇子を笑って何が悪いんだよ⁉」

「笑っちゃ駄目とは言わん。だが、笑うなら笑ったなりの働きをしてもらう。何もせずに誰かを笑うなんて許されることじゃないんだよ」

　そう言ってゴロツキたちは屈強な獣人たちに連れていかれた。

　可哀想《かわいそう》にこれから彼らは重労働だろうな。ま、亜人商会ならちゃんと給料も出るだろうしマシだろ。彼らの様子じゃ仕事についているようには見えないしな。

「ほら、小さなことが返ってきただろ？」

「そうですけど……そもそも馬鹿にされること自体があってはならないわけですし……」

フィーネが不満そうに唇を尖《とが》らせる。フィーネにしては珍しいな。ここまで根に持つなんて。

苦笑しつつ、俺は立ち上がる。

「さて、そろそろ帰るとしよう。俺はくたびれた」

「はい、わかりました。あ、アル様。実はユリヤさんが美味《おい》しいお店があると紹介してくださいまして……」

フィーネが思い出したかのように告げる。その先は何が言いたいのか察しが付く。すぐに言わないのは俺が疲れているのを考慮しているからだろう。

「じゃあちょうどいいし、そこで食事でも取っていくかい？　君の予定が空いていればだが」

「え、あ、はい！　喜んで！」

嬉《うれ》しそうに返事をするフィーネを見て、俺は心の中でため息を吐《つ》く。正直腕はかなりきつい。品のある食事をするのはかなり辛《つら》いが仕方ない。

一度男が女と一緒に外に出たんだ。最後まで見栄《みえ》を張るとしよう。

そんな覚悟を決めながら俺はフィーネと共に食事に行くのだった。

5

食事を取ったあと、俺は少し考えてからフィーネに質問した。

「フィーネは……小さい子供とか平気か？」

「えっと……じ、自分の子供という意味でしょうか⁉」

なんだか緊張した様子でフィーネが逆に問いかけてくる。どんな勘違いをしてるのやら。

「違う違う。普通に小さな子供がわちゃわちゃしてるのは平気か？」

「あ、なるほど……それなら大丈夫です！　あ、それならって自分の子供が大丈夫じゃないという意味ではなくてですね！」

「わかってるよ。じゃあ少し寄り道してもいいか？」

「はぅ……寄り道？」

「ああ。昔馴染《むかしなじ》みに会いにいこうかと思ってな」

そう言って俺はフィーネに目的地を告げたのだった。

■■■

帝都は帝剣城を中心に、広大な城下町が円形で構成されている。

そして俺たちが向かったのは最外層。そこにある小さな剣術道場だった。

「ここは？」

「昔馴染みの冒険者がやってる道場だ。無料で最外層の子供たちに剣術を教えてる」

「無料で？」

「炊き出しでわかってると思うが、最外層の多くは金に困ってるからな。抜け出す方法は手っ取り早く強くなること。けど、剣術を習う金なんてない。だから最外層出身の奴らが無料でいろいろと教えてるのさ」

説明しながら俺は窓から道場を覗《のぞ》く。それにつられてフィーネも一緒に覗いた。そこでは。

「とりゃぁぁぁぁぁ!!」

「あちょぉぉぉぉ!!」

「うぉぉぉぉぉ!!」

「てぇぇぇぇぇい!!」

「馬鹿！　おい！　いい加減にしろ！　柔らかい棒だからって調子に乗んな！」

「……イジメ？」

「いや子供に遊ばれてるだけだな……」

道場の中では複数の子供に攻撃され、ボコボコにされている男がいた。明るい茶髪に同じ色の目。頬《ほお》から首のところまで切り傷があり、やや強面《こわもて》感があるが、子供に絡まれているところを見ればそんな印象も消し飛ぶ。名前はガイ。子供の頃、よく遊んだ男だ。

今は冒険者をやりながら、こうして最外層の子供たちの面倒を見てる。

「先生ー。外に誰かいるぞー」

「はっ！　そんな安い手に乗る奴がいるか！　俺は見んぞ！」

「あー、呆《あき》れた目をしてるー。絶対、先生の知り合いだぞー」

「先生の馬鹿さ加減に呆れたんだよ！」

「俺は馬鹿じゃない！」

「じゃあ見てみろよー」

「このクソガキども……ええい！　見てやるさ！」

俺たちのほうを見たガイと俺の視線が合う。ガイは驚いたように目を見開くが、後ろでは子供たちがしめしめと笑っている。思わず嘆息すると、ガイが後ろからタコ殴りにされた。

「いまだやれ！」

「本当に見たぞ！」

「やはり大馬鹿者だ！」

「ぐわぁぁぁぁ！　この！　真面目に客だ！　ちょっと！　待て！　落ち着けー！」

「ふふ……楽しそうですね」

「楽しそう、ねぇ……」

まぁ嫌ではないだろうが、楽しいかと言われると微妙だろうな。一日ならまだしも、ほぼ毎日あの元気すぎる子供たちを相手にするのは骨が折れそうだ。結局ガイは言うことを聞かない子供たちに一発ずつ拳骨《げんこつ》をかまして、大人しくさせてからこちらに向かってきた。

「おー！　アル！　久しぶりだな！」

「ああ、元気そうだな。ガイ。それで……いいのか？　悶絶《もんぜつ》してんぞ？」

「平気だ平気。最外層の子供たちを舐《な》めるな！」

「まぁそう言うならいいんだが……」

子供たちの年齢はクリスタよりやや下くらいか。一番元気がいい年ごろだ。

道場にいるのは男ばかり。女は女で別の場所で習い事をしてるのかもしれないな。

「しかし、急にどうしたんだ？」

「いや、どうしてるかなと思ってな。最近会ってなかったから少し心配だった。あとはここらへんの視察も兼ねてる」

「相変わらずだな！　お前らとは違って俺たちはタフなんだ！　そうそうくたばりやしないぜ！」

そう言ってガイは自分の腕を見せる。剣を振っている者の腕だ。引き締まってはいるが、必要な筋肉はびっしりと中に詰まっている。

傷跡も少し増えた。冒険者といってもガイのランクはB級。そろそろA級も見えてきた頃だろうが、それでも圧倒的に強いわけじゃない。ギリギリの戦いをしているんだ。

「みたいだな。安心したよ。にしても、剣術道場じゃなかったのか？　あれじゃ遊びだろ？」

「いいんだよ！　最初はあんなんで。相手を攻撃すると反撃される。反撃されると痛い。覚えることはそれだけでいい。全員が全員、冒険者になるわけじゃない。才能があったり、夢があったりする奴はそのうち自分で考えるようになる。そしたら細かいことを教えてやればいいんだ」

「お前みたいにか？」

「おうよ！　最外層民を舐めるなって。貴族様みたいに型とかは俺たちにはいらない。子供に教えなきゃいけないのは、攻撃したら反撃されるってこと。反撃されると痛いってこと。それさえわかれば無闇に相手を攻撃しなくなる。痛みは早めに知っておくべきだ。そうじゃないとお前さんをイジメてた陰険貴族みたいになっちまう」

「ギードか……。たしかにあいつは痛みを知らないで育った典型例だろうな」

苦笑しているとガイが視線でフィーネの紹介を促す。俺はああ、とつぶやくとガイの口を手でふさぐ。そしてフィーネに、フードを取って顔を見せてやってくれと告げた。

「はい」

「んんん、んんん!?!?」

「はいはい。黙ってくれー。わざわざお忍びで来てる意味がないだろ」

案の定、ガイは驚愕《きょうがく》して声を出そうとした。多分、蒼鷗《ブラウ・メーヴェ》姫と叫ぼうとしたんだろうな。

「っ!? ど、どんな厄介ごとをもってきたんだ……!?」

「厄介ごとなんて持ってきてない。単純にフィーネと帝都の様子を見て回っていただけだ」

「蒼鷗姫と一緒に仕事!? アルのくせに生意気なっ！　許せん!!」

「ちょっ……く、くるしい……」

「うるさい！　帝都中の男の恨みをくらえぇぇぇ!!」

「ぎ、ギブ……」

「あ、あの……アル様が倒れてしまいます……」

「あ、はい。でも平気ですよ。こいつはいつも死にかけてたんで、意外にタフなんです」

一瞬でにこやかな顔に変わったガイは、俺の首から手を放す。

この野郎……。調子のいいこと言いやがって。そんなことを思っていると、子供の一人が道場から顔を出した。

そして何を思ったのか、フィーネの傍《そば》に駆け寄り、フィーネに抱きつく。

「綺麗《きれい》な女の人だー！」

「このっ！　お前！　羨ましいぞ！」

「えへへ！　いい匂いするー。ねぇねぇ、お姉さんって先生の恋人ー？」

「ふふ、さぁどうでしょうね？」

抱きつかれたフィーネは嫌な顔もせず、子供の髪を撫《な》でながらそんなことを言う。笑顔を見せてくれたことが嬉しかったのか、子供は甘えるようにフィーネにさらに抱きつく。

それを見てガイが悔しそうに歯を食いしばっている。

「子供に嫉妬かよ……」

「うるさい！　お前に俺の気持ちがわかってたまるか！」

「こっち来て！」

「きゃっ！　えっと……」

「いいぞ。遊んでやってくれ」

「は、はい！」

フィーネとしても満更ではなかったようだ。すぐに道場に入り、子供たちと打ち解け始めた。

ベタベタと子供たちがフィーネに引っ付くのを見て、ガイは嫉妬と恐怖で震え始めた。

「あああああ……どうしよう……そろそろやめさせないと俺が打ち首に……でも、子供に微笑《ほほえ》むフィーネ様を見ていたい……あああああ……どうしよう……羨ましい……」

「嫉妬するのか、自分の身を心配するのかどっちかにしろ」

「どっちかというなら心配のほうが先だな。さすがに打ち首は嫌だ」

「お前はさっき皇子の首を絞めたんだが、そこらへんわかってるのか？」

「お前はいいんだよ。お前に不敬罪を適用したら、真っ先にエルナが捕まるだろ？　だから平気だ」

「どんな理論だよ……」

　ま、こうやって気を遣わないでいてくれるから今でも交流が続いているんだが。子供の頃ならまだしも、大人になれば次第に立場を意識し始める。馬鹿にされていても皇子は皇子。そうやって距離が離れた奴《やつ》らは結構いる。そんな中でガイは貴重な存在だ。

「懐かしいなぁ。エルナとはいいライバルだった」

「二百敗くらいしててライバルっていうのは無理があるだろ」

「百九十七敗だ。間違えるな」

「そこには拘《こだわ》りあるのかよ……」

　子供の頃のガイは最外層のガキ大将みたいな存在だった。中層くらいに出張ってきて、悪さをするのが日常茶飯事。そんな中で俺やエルナと出会った。最初は確かパン屋のパンを盗んだガイを匿《かくま》ったのがきっかけだったか。そしてエルナにバレて二人してボコボコにされた。

それ以来、ガイはエルナをライバル視して何度も挑んでは何度も負けた。だが、その経験がガイを強くした。最外層民がタフというのは本当だ。こいつらは決して諦めない。

ガイは流民だ。ガイの両親が流民であり、差別の中で育った。それがガイの反骨精神の源だったのかもしれない。それでもガイは人としての優しさを失わず、今日まで生きてきた。

自分が冒険者としてそこそこ成功しても、常に帝都の最外層にいる貧民たちを気にかけてきた。そんなガイだから俺とも縁が切れないんだろう。

そんなことを思いながら俺は苦笑する。道場の中ではフィーネが楽しそうに子供たちと遊んでいる。連れてきてよかったな。

「ああ、そうだ。俺の教え子が今、城にいるんだ。会ったらよろしく頼む」

「教え子？」

「かなり才能のある子でな。城で行われてる騎士訓練に推薦したんだ。今は住み込みで訓練を受けてるはずだ」

「へぇ、どんな子だ？」

「女なんだが、うるさい奴だな。とにかくうるさい。会えばわかる。うるさいぞー」

「……一人、思い当たる子がいるな。名前を聞いてもいいか？」

「名前はリタだ」

「……なるほど。お前の教え子だったか」

ガイの教え子というならリタの真っすぐさも理解できる。クリスタの誘拐に関して、詳細は発表されていない。父上が禁じたからだ。だからガイはリタがそれに関わっていることも知らないだろう。俺も言うわけにはいかない。だが、礼なら別だろう。

「お前には礼を言わなくちゃいけないな。ありがとう」

「なんだ？　いきなり」

「あの子は……良い騎士になる」

「当たり前だろ？　俺の自慢の教え子だからな！」

そう言ってガイは胸を張ると、快活な笑みを浮かべたのだった。

6

帝都の一等地にある巨大な屋敷。その屋敷の一室でギードはひどく居心地の悪い思いをしていた。

「ギード……私は君に何と言った？」

「ち、父上……そ、その……」

「質問に答えなさい。何と言った？」

帝国の歴史上、二番目に長い歴史を持つ貴族である公爵家。ホルツヴァート公爵家の現当主。ロルフ・フォン・ホルツヴァート。茶色の長い髪が特徴的な壮年の男で、長身で落ち着いた雰囲気を纏《まと》っている。しかし、その目は冷たくギードを見つめていた。

　ロルフは帝都の貴族を代表して、つい先日まで南部で復興の手伝いをしていた。それが一段落し、こうして帝都に戻ってきた。そして保留にしていた息子への追及を開始したのだった。

「れ、レオナルトの勢力に……」

「殿下」

「れ、レオナルト殿下の勢力に取り入れと……」

「そうだ。私はホルツヴァート公爵家のために、台頭してきたレオナルト殿下の勢力に取り入りたかった。誰が勝ってもホルツヴァート公爵家が影響力を保てるように。それに対して君がしたことは何かな？」

　ロルフは告げたあとに目でギードに話を促す。ギードは怯《おび》えた表情を浮かべ、頭を振る。

「し、仕方なかったんです！　アルノルトがいきなりキレたりして、言うことを聞かないから！　全部あいつが悪いんです！」

「ギード……私をこれ以上、失望させないでくれ。私の質問に答えなさい。君はいったい何をしたのかな？」

　優しく穏やかな問いかけだ。しかし、その奥に有無を言わせぬ圧力があった。

　ギードは身を竦《すく》ませて視線を逸《そ》らしながら告げた。

「あ、アルノルトを怒らせました……」

「殿下だ。どうして学ばない？」

「あいつは出涸《でが》らし皇子です！　何の取り柄もないただの怠け者！　昔から僕の下にいたんです！　あんな奴に殿下なんてつけられませんよ！」

「それで？　その何の取り柄もなく、自分の下にいた人間に睨《にら》まれ……君は無様に尻もちをついたのかな？」

「そ、それは……あ、あいつが怒るとは思っていなくて！」

「他人を攻撃するというのは危険な行為だ。反撃される恐れがある。だから攻撃するときは反撃を想定しなければいけない。しかし、君はよりにもよって自分より地位が上の皇子を攻撃する際に、反撃を想定していなかったとは。愚かとしかいいようがない」

「お、愚か⁉　僕がですか⁉」

　驚き、プライドを傷つけられたという表情をギードは浮かべ、ロルフのほうを険しい目つきで見るが、スッとロルフが目を細めるとすぐに逸らした。

　そしてやり場のない怒りを床にぶつけるようにして、床を思いっきり何度も蹴った。

「君がアルノルト殿下をイジメているのは知っていた。毎日厳しい教育を受け、鬱憤が溜《た》まっていたからだろう。気ままな殿下が気に入らないというのはわかる。イジメて鬱憤を晴らすのだって一つの方法だ。しかし、なぜ私が止めなかったかわかるかな？」

「そ、それは……あいつが大したことない皇子だからでは……？」

「ますます愚かだ。良いかい？　私は学んでほしかった。良い教訓にしてほしかった。他者を攻撃すれば痛い目を見ると。しかし、君には学ぶ機会がなかった。アルノルト殿下が反撃しなかったからだ。私は残念だったよ。それから君らは大人になった。多くの取り巻きを引き連れ、それなりに君は大人になったと思っていた。しかし、君はまったく大人になっていなかった。私の想像以上に君は幼稚で愚かだった」

「ぼ、僕はもう立派な大人です！」

「立派な大人ならば表面上は取り繕う。相手は皇帝陛下の息子。子供同士の戯れではなく、大人同士の話し合いならば礼儀を尽くすのは当然だ。それを君はしなかった。そして君は殿下から反撃を受けた。とても大切で、とても重大なタイミングで君は反撃を受けた。すべて殿下のせいだというならそのとおりだろうね。子供の頃に痛い目を見ていれば、こんなことにならなかった。アルノルト殿下は幼い頃から十分に大人であったがために、君は傲慢で幼稚なまま体だけは成長してしまった。非常に残念だ」

アルのことをまるで称賛しているかのような言い方に、ギードは唇を噛《か》み締《し》める。自分が貶《おとし》められる状況にありながら、アルが称賛されるなどギードの中ではあってはならないことだからだ。

「あいつが大人!?　どこがですか！　昔から何もしなかった！」

「そうだ。そして君は何もかもをしていた」

「そうです！　僕は努力し、あいつは努力しなかった！」

「その結果があれだ。努力した結果、君は私の頼みを失敗し、無様な姿を色々な貴族に晒《さら》した。一方、アルノルト殿下は努力せずにそのような結果を出した。努力した愚か者より、怠け者の賢人のほうが私は好ましいと思うが……君はどうかな？」

　ギードはもう我慢ならないとばかりに物に当たろうと手を振り上げる。

　瞬間。鋭い声が飛んだ。

「動くな」

「っっっ⁉⁉」

　ロルフの声を受け、ギードの癇癪《かんしゃく》が鳴りを潜める。そしてロルフは優しく、しかし残酷に告げる。

「君の教育は妻に一任した。彼女が君を溺愛していたからだ。だから私は必要以上に口を出さなかった。しかしそれは間違いだったようだ。自室に戻りなさい。少し頭を冷やす必要が君にはある」

「ち、父上！　僕は‼」

「私は同じことを何度も言うのは嫌いだよ。今回の一件でザンドラ殿下は失脚し、レオナルト殿下が台頭した。君が我が家に与えた損害は大きなものだ。君が思うよりも、だ」

　黙らされたギードはやり場のない怒りを再発させながら乱暴に部屋を出ていく。

　その後、外から何かが壊れる音がしてきた。それを聞き、ロルフは深くため息を吐《つ》いた。

「失礼します。父上、入ってもよろしいでしょうか？」

「入りたまえ、ライナー」

　そう言って今度入ってきたのはギードよりやや若い少年だった。

ギード同様に長身だが、ギードより引き締まっており、さらにギードのように奇抜な服も着ていない。爽やかな笑みを浮かべる姿は、ロルフの息子と言われて納得できるものだった。

少年の名はライナー・フォン・ホルツヴァート。今年で十六歳になるホルツヴァート公爵家の次男。そして次期当主と目されている跡取りだ。ライナーはギードほど母親に似ていなかったため、母親はギードほど溺愛しなかった。そのため、ライナーの教育にはロルフは口を出していた。その結果、同じ兄弟なのかと疑うほど二人の性格は違っていた。

「兄上が荒れていましたが？」

「いつものことさ」

「いつも以上に荒れていましたよ。アルノルト殿下のせいだと叫んでいました」

「まったく……自業自得もいいところだよ。誰のせいでもない、すべて彼の責任だ。ただし、任せたのは私の責任だ。この事態は解決しなければいけない」

レオの勢力は帝位争いに食い込んできた。そのレオの勢力にギードを送り込み、恩を売るつもりが怒りを買うはめになった。レオがアルのことを信頼しているのは見ていればわかる。アルを怒らせるということは、レオの心証が最悪ということだ。

「正直な話をしますね。ボクは兄上がいる以上、レオナルト殿下たちと手を組むのは不可能だと思いますよ」

「私も同感だ。アルノルト殿下は長年の恨みをどうこうというタイプではないだろうが、常にギードのやることを受け流してきた彼が激怒するほどのことをギードは言ってしまった。もはや関係修復は期待できまい」

「ボクが行くわけにもいきませんしね。そうなるとどうします？」

「必要なら潰すしかあるまい。レオナルト殿下が皇帝になれば、私たちは今までのような影響力は発揮できない。古き公爵家として尊重はされても権力からは遠ざけられるだろう。それを避けるための策は失敗してしまった」

「そうですね。しかし、厄介だと思いますよ」

ライナーの言葉にロルフは頷《うなず》く。二人はしっかりとギードを睨んだアルのことを見ていた。

多くの者は突然アルが怒り、ギードが驚いたと思っているが、二人の意見は違った。

あれは明らかに力を持つ者の目だった。その考えが当たっているならば、敵になるのは勢いに乗る英雄皇子と長年に渡って爪を隠してきた知恵者の皇子。できるならば敵対したくはない。しかし、馬鹿な息子が敵対への一歩を踏み出してしまった。

「もっと早くにギードへ干渉しておくべきだった……」

「その場だけいい返事をするだけですよ。さすがにボクもびっくりしましたけどね。頼みにいくのに高圧的に行くなんてどうかしてる。あれは性格です。治しようがありません」

「そんなギードを抱えて勝てると思うかい？」

「何事も使いようです。いざとなれば勘当すればよいでしょう。母上が反対し、別れるというなら別れればよいのです。新しい貴族の方と結婚されればいい」

「それもそうか。非常に合理的だ。ギードが問題を起こしやすいことを利用して、何かさせるというのは使える手かもしれない。その前に勘当しておけば私たちに痛手はない」

そんなことを考えながらロルフとライナーは笑う。

悪だくみをするその笑みはどちらも冷たいものだった。

7

休戦しているとはいえ、何もしないわけにはいかない。しかし、大々的には動けない。だから俺は面倒だと思いつつも、ここ最近で溜まりに溜まった書類に目を通していた。

どれも重要事項が書かれているが、その書類の斜め上にはすべて赤い印がついていた。

解決した問題ということだ。ここ最近、色々と忙しかった俺の代わりにフィーネが精力的に動いてくれていた。この書類はいわばそのフィーネの成果というところだ。

「紅茶が入りましたよー」

「ありがとう」

フィーネが紅茶を淹《い》れて、ニコニコと笑いながらお茶菓子と一緒に出してくれる。

この作業をフィーネはセバスにも譲らない。

セバスももう自分がやるとは言わず、フィーネから素直に紅茶を受け取っている。

「うん？　フィーネ。この問題は解決してないのか？」

「あ、物盗《ものと》りの一件ですね。申し訳ありません。色々と調べた結果、解決しないほうがいいかと思いまして……」

「解決しないほうがいい？」

「私から説明しましょう」

そう言ってセバスが優雅に紅茶を含み、説明を始める。

要約すると、数人の商人たちから物盗りをどうにかしてほしいという懇願が入った。

しかし、よく調べてみるとその商人たちは悪徳商人であちこちから批難を浴びている者たちだったそうだ。

そして彼らが物盗りにあったタイミングで、外層の人間たちには金品がばらまかれていた。

しかも目撃情報からすると、その物盗りは子供のような体型らしい。だが、帝都守備隊や治安維持を職務とする警邏隊《けいらたい》でも捕まえられなかったらしい。

そんなわけで助力を条件として、レオの勢力に捕縛を依頼してきたらしい。

「帝都守備隊や警邏隊でも手を焼く義賊。捕まえれば民の反感を買うばかりか、多くの人手を取られます。なので対応を後回しにされてはどうかと私が助言いたしました」

「なるほどな。面白そうな奴《やつ》だな」

帝都守備隊や警邏隊も無能じゃない。悪徳商人が関わっているとはいえ、物盗りを放置したりはしない。本気で捕まえにいって捕まえられないってことはよほどの手練《てだ》れだ。

「暗殺者出身か？」

「そうは思えません。現場の状態や証言を聞くかぎり、物を盗《と》るときはかなり強引な手段を使っています。暗殺者の手口とは思えません。むしろ」

「冒険者か？」

「はい。荒っぽさや豪快さ。高ランクの冒険者と言われれば納得できます」

しかし、子供の高ランク冒険者なんて聞いたことないけどな。

だが、どうであれ帝都守備隊と警邏隊の捜索を掻《か》い潜《くぐ》ったことは事実だ。

「クリスタの一件で痛感したことがある。あまりにも人手が足りない。クリスタには当分の間、近衛《このえ》騎士が護衛につくだろうが俺たちの意向で動く護衛も欲しい」

「義賊をヘッドハンティングする気ですかな？」

「そのとおり。自由に動ける人材が欲しい。できれば暗殺者ともやりあえる実力者で、かつ暗殺者並みに動ける者がベストだ」

「求めすぎでは？」

「俺もそう思っていたが、近い人材だ。引き込めればこれほど効果的な戦力の底上げはない」

「でも、どうやって捕まえるんですか？」

フィーネの問いに俺は指を一本立てる。

「暇を持て余している適任者がいる」

そう言って俺はさっそく動くことにした。

■■■

「まったく……私をいきなり引っ張り出すなんて……」

そう言って文句を言うのはフードを深く被《かぶ》ったエルナだ。

エルナの謹慎はとうに解かれている。しかし処分は処分。エルナはいまだに近衛騎士には復帰できていない。だが、近衛騎士ではないならエルナはフリーな人材だ。帝都を騒がす義賊を捕まえるために協力してもらうことに問題はない。誰も文句は言わんだろう。

「残念ながらこっちは人手不足でな。とくに実力者を遊ばせている余裕はない」

「だからって、悪徳商人の荷物運びを手伝うなんて……」

「安心しろ。これが終わったら潰すから」

「本当？」

「セバスが奴らの商会に忍び込んでる。何か証拠を摑《つか》んで、警邏隊に渡すだろうさ」

「それならいいわ」

すっきりした表情でエルナは荷車を見る。俺たちは悪徳商人が運ぶはずだった荷物を預かっていた。周りはエルナとこちら側の護衛で固めている。商人たちも護衛を出そうとしたが、必要ないと断った。

奴らがいると面倒だからな。これが帝都屈指の豪商とかなら、それでも護衛を割り込ませてくるだろうが、今回の奴らは中堅商人といったところ。

大人しく荷物を俺たちに預けてきた。奴らとしても品物を奪われ、商売が成り立たなくなってきているらしい。まぁかなりあくどい手で手に入れた品物のようだし、自業自得だが。

俺は商人のフリをして、荷車の上に立つ。

「さてと……出発！　いいか！　絶対に荷を奪わせるな！　死んでも守れ！　商品が一番だ！」

悪徳商人感を出しながら、俺は夜の帝都を進む。

この荷物を保管庫から店舗に運ぶわけだが、その移動中に襲撃を受けるわけだ。昼間に移動させればいいだけの話だが、訳アリの荷物を昼間に移動させるのはリスキーだ。

そんな理由で俺たちは夜の帝都をどんどん進んでいく。

「警戒しろ！　居眠りなんてするなよ！　したら報酬なしだぞ！」

「はぁ……それ必要？」

「悪徳っぽいだろ？」

「ええ、知らない人なら信じるくらいにはそれっぽいわよ」

エルナの言葉に俺は満足そうに頷く。そうであるならば問題ない。いつもと違うと思わせては出てきてもらえないからな。

そんなことを思っていると、前方を歩いていた二人の護衛が突然倒れた。

「来たか」

「今回はずいぶんと若い商人だな？　坊主、痛い目みたくなかったら荷物は置いてきな」

現れたのはフードを被り、槍《やり》を持った小さな男だった。といっても、声色で男だとわかるだけだが。しかし、体躯《たいく》は一メートル前後といったところ。手に持っている槍のほうが長い。体だけ見れば子供なんだろうが、口調は俺よりも年上くさい。なんだ？　この違和感は。

「お前が最近、ウチの荷物を奪っている盗人《ぬすびと》か？」

「ウチの荷物ねぇ。それは何の冗談だ？　盗人はてめぇらのほうだろうが。オレは取り返しにきただけだ」

「合法的に手に入れた荷物だ」

「そうかい。じゃあお前とは話し合わん。奪い取らせてもらう！」

男は俺に飛び掛かってくる。そこに割って入ったのはエルナだった。男の鋭い一撃を剣で受け止める。

「ほう？　オレの槍を受け止めるとはやるな？」

「私もこんな鋭い攻撃を受けるのは久々よ。鈍った勘を取り戻すにはちょうどいいわ」

そう言ってエルナは男を押し返すように連撃を加える。

ほかの護衛も割って入ろうとするが、エルナが言葉で制す。

「邪魔よ！　入ってこないで！」

「なかなか気の強い嬢ちゃんだ。気に入ったぜ。雑魚に水を差されていたら萎えてただろうよ」

そう言って男は槍を構える。そして一瞬、低い声を出す。

「加減はできん。死ぬなよ」

「こっちの台詞《せりふ》ね。あなたに死なれると困るから頑張って耐えてちょうだい」

「ふん……ぬかせ!!」

そう言って神速の戦いが始まった。

一撃一撃の風圧で周りの建物に被害が出る。エルナがかなりマジで戦う相手か。何者だ？　あの男。男は短いリーチを槍でカバーし、見事にエルナと打ち合っている。ドワーフか何かか？　いや、それにしても小さい。そんなことを思っていると、エルナが突きを繰り出す。

それを男はすり抜けるようにして避けると、突然俺の方を向いた。

「悪いな。決闘というわけじゃねぇんだ。てりゃあ!!」

そう言って男の槍が俺に向かう。

だが、エルナはそれを予期していたようで、男に足払いをかける。

「甘いわよ！」

「なにぃ!?」

バランスの崩れた男に向かってエルナが攻撃を仕掛け、男はそれを何とか槍で受け止めるが大きく吹き飛ばされた。そして男は近くの藁《わら》に突っ込む。

「お見事」

「そうでもないわ。感触がおかしかった」

「おかしかった？」

「舐《な》められたものね。そんな上げ底で戦ってたなんて」

見ればたしかに男の傍《そば》には木の棒が二本転がっていた。まさかあれに乗って戦ってたのか？

エルナと？　いや、それよりもあの体軀ですら上げ底をしていた？

そんな疑問を俺が抱いたとき、藁から男が出てきた。しかし、その姿は俺たちの予想を遥《はる》かに超えた姿だった。

「やってくれるぜ、嬢ちゃん」

「……」

「……」

「あん？　どうした？」

本人は気づいていないんだろう。フードは取れて、上げ底も無くなったため男の真の姿が曝《さら》け出されていた。

そこにいたのは。

「子熊？」

「なっ⁉　しまった⁉」

普通に喋《しゃべ》っているが、その姿は子熊そのものだった。茶色の毛並みに黒いつぶらな瞳。見た目はもう完全にぬいぐるみのような子熊だ。

男は慌てたようにフードを被りなおすが、もう時すでに遅しだ。

元々上げ底ありきで着ていたフードはブカブカだし、見た目的にもはや緊張感はない。

「ちっ！　仕方ねぇ！　今日は見逃してやる！」

「あっ！　待ちなさい！」

「追うな」

俺に制止されてエルナは不満気に俺を見る。

エルナとしては決着をと言ったところなんだろうが、目的はある意味達した。

正体は衝撃的だったが、暴いたことには暴いた。あとは探すだけだ。

外層に金やら荷物をばらまくところを見れば、あいつが潜んでいる場所も見当がつく。

「とりあえず戻るぞ。気絶した者は荷車に乗せろ」

そう俺は指示を出す。エルナは不服そうに俺を睨《にら》み、そして男が去っていった方向を見る。

あの打ち合いで武人としての魂に火がついたんだろうな。

「捕まえたら再戦させて」

「向こう次第だな」

そんな会話をしながら俺たちは帝都の夜道を歩きだした。

8

帝都最外層。そこにあるガイの道場に俺はフィーネと共に来ていた。

「よう、ガイ」

「おー、アル。それにフィーネ様もよくぞいらっしゃいました！　さぁ、中へ！」

扱いがあまりにも違うので頬《ほお》を引きつらせつつ、俺は道場の中に入る。

中には子供たちの姿はなかった。

「今日は休みか？」

「いや、さっきまで子供たちもいたんだが、早めに帰した」

「なんでだ？」

「最近、義賊を名乗って色んな物を配る奴がいる。まぁ別にそれはいいんだが、そいつが配る物目当てで行儀の悪い奴らがウロチョロするようになった。危ないから早めに家へ帰すようにしてるんだ」

「なるほど。ちょうどいい。俺たちはその義賊を探しに来たんだ。なにか手がかりはあるか？」

「知らんなぁ」

そう言ってガイは視線を逸《そ》らす。これは何か知ってるな。

小さくため息を吐《つ》き、俺はガイに機密情報を喋る。

「昨日の夜。セバスが悪徳商人どもの不正の証拠を持ち帰り、警邏隊《けいらたい》に渡した。すぐに逮捕されるだろうが、次は義賊の番だ。相手が誰だろうと盗みは盗み。保護しなければ捕まるぞ」

「……捕まえに来たわけじゃないと？」

「俺がそんな正義の人に見えるか？」

「まぁそうは見えんな」

そう言ってガイは頭をかくと、その場で正座した。しばし考え込んだあと、俺の方を見る。

「悪徳商人たちは外層民から色々と巻き上げた。帝位争いで豪商たちが争っている間に、少しでも儲《もう》けようと思ったからだ。そんな中、義賊は非合法な手段で奪われた物や金を取り戻してくれた。外層民にとっては英雄だ」

「わかってる。無下に扱う気はない」

「アル様はその方に手伝ってほしいことがあるだけなんです。どうか教えてください。その方はどちらにいらっしゃいますか？」

「……詳しい居場所はわからないが、一つ怪しいところがある」

「どこだ？」

「最近、空き家になった場所だが、ちょいちょい子供たちが飯を持って行ってる」

「なるほど。その空き家に案内してもらえるか？」

「構わんが、今は外層民が義賊の配りを期待してる。注意を逸らさないと暴徒になるぞ？」

「それは問題ない」

そう言って俺はフィーネを見る。するとフィーネは力強く頷《うなず》いた。

理解していないガイがポカンとしているが、俺たちは構わず外に出たのだった。

■■■

「みなさーん！　配給はいっぱいあるので押さないでくださーい!!」

そう言って大勢の外層民の前に立つのはエプロン姿のフィーネだ。

フィーネの周りには亜人商会の職員や護衛たち。あとは何人かの騎士。

「配給と聞けば意識は逸れるな。しかもフィーネ様がいる」

「そういうつもりで連れてきたわけでもないんだがな」

「ん？　そうなのか？」

「単純に埋め合わせだよ。悪徳商人どもが帝都にいる貧困層を騙《だま》したり、ときには脅したりして金や品物を巻き上げてた。わかった以上、埋め合わせは必要だ」

「国が埋め合わせるんじゃなくて、お前たちが埋め合わせするのか？」

「安心しろ。金は亜人商会が出しているし、レオは民に優しいっていう宣伝にもなる。必要経費だ。ちなみに城のほうに相談してもいいが、動くまでには時間がかかる」

「なるほど。どっちにとっても得ってことか」

「そういうこと。俺の懐も痛まんしな」

そう言って俺とガイは目星をつけていた空き家に向かう。

少しすると木で作られたボロ家が見えてきた。

「先に俺が入るぞ」

「気をつけろよ。エルナと打ち合える奴《やつ》だからな。まぁ戦いに来たわけではないけど」

警戒させないようにここにはガイと俺しか来てない。エルナなら不用心だと言いそうだが、警戒されては元も子もない。それに俺なら大丈夫という自負もある。

「留守みたいだぞ」

「留守？」

　ガイの言葉を聞いて俺は家の中に入った。中には確かに生活感があるし、留守という表現は間違っていない。なにせ中には人間はいないのだから。しかし、しかしだ。

「……」

「……」

　棚の上にポツンと置かれた子熊のぬいぐるみ。

　茶色の毛並みやつぶらな瞳は確かにぬいぐるみのように見える。

　だが、昨日の今日でそれは無理があるだろ。俺は義賊の男に語りかける。

「さすがに無理だろ。諦めろ」

「……」

「ほう？　あくまでぬいぐるみで通すつもりか？」

「お、おい……アル。大丈夫か？　いきなりぬいぐるみに話しかけたりして」

　なぜか俺を心配するガイを睨む。この状況を見て、察しないなんて気が利かない奴だ。

「ちょっと黙ってろ」

「え？　あ、はい……お喋りがしたいってことね……」

　なんかちょっと違った察し方をされたが、まぁいい。どうせあとでこいつもびっくりすることになる。俺は部屋を見渡す。こいつがあくまでぬいぐるみで通すというなら、こっちにも考えがある。

「食事をしようとしてたみたいだな。もったいないから俺が食べてしまおうかなー」

俺はテーブルに乗っかっているパンを手に取ると、見せつけるようにパンをかじる。

上質なパンではないが、他人に見せつけながら食べるというのはこれはこれで美味《おい》しい。

なんか子熊の表情が少し変わった気がする。これは怒ってるな。よしよし、この調子だ。

「とりあえず自己紹介と行こうじゃないか。俺はアル。アルノルト・レークス・アードラー。この国の第七皇子だ。昨日はお前を捕まえるために囮《おとり》をやってた」

「あ、アル……大丈夫か？」

「うるさい、黙ってろ」

「……オーケーだ。自己紹介は大事だもんな」

ガイは何だか可哀想《かわいそう》な人を見る目で俺を見てきた。

こいつ……。

思わずガイに食って掛かりそうになるが、今の標的はガイじゃない。俺は子熊に視線を戻す。

「お前が相手をしていた悪徳商人はもう捕まった。ある程度、捜査に区切りがつけば今度はお前が捕まる番だ。相手が誰であれ、盗みは犯罪だからな。そこで俺はお前をスカウトしにきた。俺に協力しろ。そうすれば保護してやる」

「あー、なるほど。義賊を前にしたときの予行練習か。悪かった、ちょっと痛い奴だと勘違いしてたぜ」

「黙ってろ。俺はこいつと喋ってるんだ」

「悪かった……うん、本当に、ごめんな……」

救えない奴みたいな視線を向けてくるガイは無視して、俺は子熊だけを注視する。

間違いなくこいつが昨日の襲撃犯だ。今の話に興味をもって話を聞いてくれると嬉《うれ》しいんだが、動きはない。喋る熊そのものの外見の亜人なんて聞いたことないし、この姿には何か理由があるんだろう。おそらくそのせいで警戒心が強いんだ。どうにかこっちを信用させなきゃか。

どうすればいい。どうすればこいつの心を開かせることができる？

必死に思案していると扉が開く。すると、フィーネが顔を出した。

「アル様、ガイさん。義賊さんはいましたか？」

「いやぁ、それが留守らしくて」

そうフィーネとガイが言葉を交わした僅かの間。

俺が視線を戻したときにはもう棚の上の子熊はいなかった。

しまった!?　フィーネが開けた扉から逃げられる!!

そう思って俺がフィーネの方を見たとき。予想外のことが起きた。

「美しいお嬢さん……ここで出会ったのも何かの運命。お名前をお聞かせいただけますか？」

「まぁ、可愛《かわい》らしい子熊さんですね。私はフィーネ・フォン・クライネルトと申しますわ」

笑ってフィーネは受け答えする。しかし、その反応は正常ではないだろう。正しくは。

「く、熊が喋った!?」

「だから言ったろ。こいつが義賊だ」

「本当だったのか……悪い、レオに相談しようかと思ってた」

「お前は……まぁいい。今はこいつだ」

「あなたのお名前は？」

「オレの名はジークムント・アイスラー。親しい者はジークと呼ぶ、フィーネ嬢もぜひそう呼んでほしい」

その名乗りを受けて、俺とガイの表情が変わる。

二人で顔を見合わせる。二人同時にそう感じたということは、おそらく勘違いじゃない。

「同姓同名のS級冒険者がいたな？」

「ああ。大陸全土に数多くいる冒険者の中で、最強の槍《やり》使いと評された男の名がジークムントだ」

「ほう？　オレを知ってるってことはお前さんも冒険者か。オレのことを知ってるなら下がってな。オレは今、フィーネ嬢と楽しくお喋り中だ」

そうキリッと決めてジークはフィーネに笑顔で向き直る。たしかに聞いたことがある。その突きは神速にして不可避とまで称され、冒険者でありながら対人戦にめっぽう強い武人。

単純な技巧だけでいえば間違いなく全冒険者の中でも五指に入ると言われる強者。

それと同時にもう一つ噂《うわさ》も聞いている。

「たしかジークムントは大の女好きで、色んな女性にモーションをかけることで有名だった。

ただ、半年くらい前からジークムントは音信不通になったはずだし、そもそも人間だったはずだぞ……？」

「それも女好きが絡んでるかもな」

　自然に人間が子熊に変身するわけがない。もしもこいつが本人だとしたら、何らかの魔法、もしくは薬で姿を変えたことになる。ただ望んで子熊に姿を変えるとは思えないし、たぶん女関係で何かあったんだろうな。

　そんな予想をしつつ、俺はフィーネに抱きつこうとするジークを思いっきり踏みつける。

「ふぐぁ!?」

「おい、女たらし。さっきの質問の答えを聞かせろ」

「なにしやがる小僧!?　こんな愛らしい姿の子熊を踏みつけるとか、お前さんには情けがないのか!?」

「元は人間だろうが」

「聞いたか!?　フィーネ嬢!　こいつがイジメるよ～」

　そう言って泣《な》き真似《まね》をしながらまたフィーネに抱きつこうとするが、俺はそんなジークの首に持ってきた首輪をつける。

　うちの爺《じい》さんの秘蔵品だ。俺が持ってる鍵を使わないかぎり、外すことはできない。

「なんだこりゃ!?　愛らしい外見が台無しじゃねぇか!?　外せ!!」

「それは魔導具だ。専用の鍵じゃないと外せない。できれば使いたくなかったんだが、仕方ないな」

「はっ！　だからどうした！　鎖をつけなかったのが失敗だったな！　逃げてしまえばこっちのもんだぜ！」

そう言ってジークは外へ逃げ出した。子熊なのに二足歩行で全力疾走する姿はなんかシュールだ。しかもかなり速く、どんどん遠くへ行ってしまう。

「んで？　その魔導具の効果は？」

「すぐにわかる」

見ればさきほどまで二足歩行していたジークは、いつのまにか四足歩行に切り替わっていた。しかもかなりのっそりと動いている。ほかの者から見ればふざけているように見えるが、これがあの首輪の効果だ。鍵を持っている者から離れれば離れるほど体が重たくなっていく。

しばらく待っていると観念してジークは肩を落として戻ってきた。

「俺たちに協力するか？　捕まるよりマシだろ？」

「はい……させていただきます……」

「でもアル様。護衛をしていただくのに、この首輪をしたままだと不便では？　それになんだか可哀想です」

「鍵の所有者の判断で重さを感じる範囲は調整できる。あと、こいつに同情は不要だ。間違いなくろくでなしだぞ」

「なぜ決めつける!?　オレは不幸にもこんな体になったのに、最外層の困った人のために色々と頑張ってたんだぞ！」

「そうか。じゃあ、あれはなんだ？」

俺は布に隠されている一角を指さす。

ここに来る前からわかっていたことだ。こいつが奪取した品物は外層民に配られたりしているが、それなりの金も同時に盗まれている。だが、配られた金はどうも数が合わない。

俺は布を取っ払う。するとその奥には大量の金が隠してあった。

「困った人たちから巻き上げられた金なら、すべて返すのが筋じゃないか？」

「いやぁ……あれですなぁ。正義のヒーローも無償ではちょっと……」

視線を逸《そ》らすジークを見て、俺はため息を吐《つ》く。

そしてガイと共にその金を没収する。すると、ジークが俺の足に縋《すが》りつく。

「許してくれぇ！　その金でこの国の皇女に呪いを解いてくれって依頼するんだぁ！　頼むよ～オレを助けると思って！」

「皇女ってザンドラか？」

「そうそう。緑髪の皇女さんだ。きつそうな顔つきの美人だった」

「ならやめとけ。あいつは禁術研究は好きだが、人助けはしない。いいように利用されるか、実験体にされるだけだぞ。そもそも今は謹慎中だ」

「怖《こえ》ぇこと言うなよ……しかし、よく知ってるな？　もしかして本当に皇子なのか？」

「ああ、そうだ。さっき自己紹介しただろ？」

「いや、あまりにオーラがないからでまかせかと」

なぜだろう。慣れているのに、こいつに言われると無性に腹が立つな。

そんなことを思いつつ、俺はジークを抱き上げる。

お、なかなかに抱き心地がいいな。

「やめろ！　男に抱きあげられる趣味はない！」

「仕方ないだろ。子熊に首輪をつけて歩かせていたら何事かと思われる。しばらくぬいぐるみのフリをしてろ。城でじっくり話を聞いてやる」

「やめろ！　あっ！　フィーネ嬢！　そんな撫《な》で方《かた》をされたらぁー!!」

「モフモフですねー」

「おっ！　たしかにすげー触り心地だな」

「やめろ！　男が触るな！　可愛い子しか許さん！　やめっ！」

フィーネとガイにモフられたあと、ぐったりしたジークを俺は運ぶ。

なかなか神がかった触り心地だったし、クリスタやリタにも触らせようと決めながら、俺はジークを馬車に乗せたのだった。

9

「なかなかいい部屋に住んでるな。さすが皇子ってところか」

「そりゃあどうも。さて、それじゃあ話を聞かせてもらおうか。どうしてそんな姿に？」

　紅茶を用意し始めたフィーネをよそに、俺は核心に迫る質問をした。

　それに対してジークは深刻そうな顔で俯《うつむ》き、そして。

「事の発端は今から半年ほど前のことだ。オレはとある森の奥で女性と出会った」

「なるほど。お前が悪い」

「まだ何も説明してないだろが!?」

「聞かなくても察しが付く！　どうせ手を出したんだろ!?」

「まだ出してない！　出す前にこんな姿にされたんだ！」

　悔しそうにジークは机を叩《たた》く。無念という感情がその姿からはありありと感じられた。

　どんだけ女好きなんだ、こいつ。

「はぁ……で？　その女性にやられたのか？」

「違う。その妹だ……」

「そりゃあ姉に悪い虫が近づけば妹としては防衛するだろうさ」

「それも違う！　変な秘薬を飲まされて、この姿にされたとき！　オレもそう思った！　だが、妹はこっちのほうが可愛いと思うって言いやがったんだぞ!?　そんな理由でオレはこんなキュートな子熊にされちまったんだ!!」

　わんわんとジークは泣き始めるが、キュートとか言ってるからなんだかんだ今の姿も気に入ってるんじゃなかろうか。

しかし、可愛いと思うって理由で人間を子熊に変えるとはな。なんだ、その妹。

「一体、どこの森に行ったんだ？」

「それは……秘密だ。依頼で行ったからな」

ジークは視線を逸らす。さすがに高ランクの冒険者だけあって、そういうところはしっかりしてるみたいだな。個人に入ってくる依頼なんかは、秘密にしてほしいと依頼主に頼まれることがけっこうある。

Ｓ級まで上り詰めただけあって、女たらしでもそこは押さえているか。

「紅茶が入りましたよー」

「おー、フィーネ嬢の紅茶！　いただきます！」

「飲めるのか？」

「おう！　食事もできるぜ。変わってるのは姿だけだ」

「ぬいぐるみってわけじゃないんだな」

「ぬいぐるみみたいに見えるだけさ。あちっ！　ふーふー」

紅茶を飲もうとしたジークは顔をしかめ、慌てて紅茶に息を吹きかける。俺も飲んでみるが、特別熱いわけじゃない。そこらへんも熊になってるってことか。意外に難儀かもな。

「姿を戻す方法だが、探してみる」

「ん？　あてがあるのか？」

「シルバーなら何か知ってるかもしれないからな」

「……シルバーと知り合いなのか⁉」

紅茶に息を吹きかけるのをやめて、ジークが驚いたような表情でこちらを見る。

知り合いも何も本人なんだがな。まぁそれを言うわけにもいかないので、適当に誤魔化《ごまか》す。

「まぁな。なんだかんだシルバーは俺と弟に協力してくれてる。相談するだけ相談してみる。ただ期待するなよ？　秘薬と聞く限り、シルバーの専門外な気がする」

「それでもありがたい！　あの仮面の冒険者なら何か知ってるかもしれないからな！」

「じゃあジーク。確認するぞ。俺たちはお前を保護し、シルバーに元の姿に戻れるか連絡を取る。その代わり、お前は俺たちを手伝う。それでいいか？」

「おう！　異論はねぇ。というわけでさっそくこれを外してくれや」

ジークは自分の首についている首輪を示す。しかし、俺はそれを外す気がなかった。

「駄目だ」

「なんでだよ⁉」

「お前が変なことしないように、それはつけていてもらう」

「そんな⁉　あんまりだ！　フィーネ嬢〜！」

そう言ってジークは軽やかにジャンプしてフィーネに抱きつこうとする。フィーネも受け止める体勢を取っていたが、途中でジークは真下に落下した。

「ぐべぇ‼」

「そういうことをしないように首輪が必要なんだよ」

「大丈夫ですか？　ジークさん」

「お、おのれ……」

首輪を一気に重くしたのだ。そのせいでジークは床に叩きつけられることになった。

なんとか顔をあげたジークは俺を睨《にら》みつけ、そしてまるで獰猛《どうもう》な肉食獣のように歯を見せた。

「そっちがその気ならやってやる！　鍵よこせぇ!!」

そう言ってジークは走って俺との距離をつめると、俺の腕にぴったりと張り付いた。

その姿は熊というよりはコアラだな。

「どうだ！　まいったか！」

「何がだよ？」

「……あれ？　重くないの？」

「お前が動けなくなる程度の重さしかかからない。重さは感じるが、元々が軽いからな」

そう言いながら俺はどんどんジークに重さをかけていく。腕に子供がぶら下がっているような感じの重さがのしかかる。そしてジークがズルズルと下へと落ちていく。

それでも落ちまいと必死にジークは腕に力をいれるが、プルプルと腕が震えているため、そろそろ限界だろうな。

「ちくしょう……これで勝ったと思うなよ！　いつかきっと鍵を取り返し、この雪辱を、あべっ!!」

言ってる最中に腕が俺の腕から離れ、ジークはうつ伏せの状態で床に叩きつけられた。

それでも何とか起き上がろうとするが、駄目押しでさらに重さを増やす。

「なにか言うことは？」

「ごめんなさい。軽くしてください」

「よろしい」

そう言ってジークの重さを減らす。

しかし、ジークはそれを待っていたとばかりにジャンプして俺に向かってくる。

「かかったな！」

「お前がな」

「あ――――!?!?　ぐぎゃ！」

ジャンプした分、今までよりも高いところから盛大に床に叩きつけられたジークは変な声をあげて動かなくなる。しばらくそのままだな。

「手伝ってほしいときは声をかける。それまで大人しくしてろ」

「……はい」

そんなやり取りをしたあと、俺は書類整理に移り、ジークは床をのっそりと這《は》いつくばって椅子に戻ろうとする。

途中、フィーネのスカートの中を覗《のぞ》こうとしたので重さを今までの三倍にしたら、さすがに潰れると悲鳴をあげていたが、罰としてそのまま放置することにした。

子熊になったとはいえ、Ｓ級冒険者。かなりの戦力であることは間違いないが、同時に面倒な奴《やつ》を引き込んでしまったな。まぁ使い方を間違えなければいいだけだが。

　そんなことを思いながら、俺はフィーネの淹《い》れた紅茶を飲むのだった。

10

「なぁ、坊主。オレは仕事があるからって呼ばれたはずなんだが？」

「ああ、だから仕事を頼んだだろ？」

「クーちゃん！　この熊喋《しゃべ》るよ！」

「すごい手触り……気持ちいい」

「子守が仕事かよ‼」

　クワッと熊らしくちょっと怖い顔をしてジークが抗議してくる。

　ただリタとクリスタに弄ばれている姿を見れば、怖いとはとても思えない。

　ちょうどリタとクリスタが遊びにきたので、遊び相手にジークをあてがってみた。

　ジークは女なら誰でもいいわけでもないらしく、特に子供は範囲外らしい。そのため、クリスタとリタに触られても面倒《めんどう》そうにするだけだ。面倒そうにするだけで、怒らないあたり子供嫌いではないんだろうな。

「なぁ、お嬢ちゃんたち。オレ、これでも元は人間だからな？」

「おー！　リタも熊になりたい！」

「でも今は熊……」

「いや話聞けよ！」

引っ張られたり、撫《な》でられたり。やりたい放題されながらジークは必死に訴えかけるが、二人はまったく聞く素振りを見せない。

　子供だからな。喋る子熊、しかも見た目は愛らしく、手触りがいいと来たら触るに決まってる。

「もう少ししたら仕事が終わる。それまで相手しててくれ」

「仕事ねぇ……お前さん、出涸《でが》らし皇子って呼ばれてるんじゃないのか？　無能無気力の駄目皇子って噂《うわさ》じゃねぇか。ちょっ！　同時に引っ張るな！　さーけーるー!!」

「噂は間違ってないぞ。ただ最近はやることが多くてな。無気力でもいられなくなったんだよ」

「やれないんじゃなくて、やらなかっただけってか。良い御身分《ごみぶん》だな、まったく」

「何もしなくても困らないのが皇子だからな。せっかくいい生まれなんだし、存分に甘えさせてもらうよ。そりゃあ」

　言いながら、俺はセバスが持ってきた様々な情報を頭に入れていく。

　大した情報じゃないのがほとんどだが、そういう情報が使える場合もある。大々的に動けないからこそ、小さな情報に目を向けることが必要だ。

「弟を皇帝にするために、必死になるとは良い兄貴ぶりだな。おい！　目はやめろ！　目は！」

「必死じゃない。適度にやる気だしてるだけさ。ほかの奴らが勝つと処刑されかねんからな」

「逃げ出せばいいじゃねぇか。いくらでも手があるだろうに」

「俺一人なら逃げ出すがな」

　俺はクリスタとリタを見る。逃げるとするなら、この子たちも連れていかなきゃ駄目だろう。どんどん勢力は増していき、守るべきものも増えていく。もはや逃げるのは非現実的だ。

「なるほど……甘ちゃんだな」

「なんとでも言え」

「まぁ、嫌いじゃないがな。ただ覚えておけ。オレに仕事を任せるならオレはオレのやり方でやらせてもらう。文句は言うんじゃねぇぜ？」

　そうカッコよく決めているが、リタとクリスタに両耳を引っ張られて顔が変な感じで伸びている。まったく決まってないのがシュールだ。

「まぁそれは任せる。責任は俺が取るから好きに動け。結果を出せば文句は言わんよ」

「そりゃあいい。好きにやらせてもらう。おい！　いい加減に耳はやめろ！　せめて手か足にしろ！」

「ただし、女関係の問題は起こすなよ？」

「こんな姿だからな。それはなかなかきついぜ。まぁオレくらいになると惚《ほ》れる女の一人や二人出てきそうだが、それはオレの罪にはならんだろ」

　両手を引っ張られ、宙に浮いているジークがそんなことをのたまう。

　まぁ間違いなく、今のジークに惚れる女はいないだろうな。

「その心配はしてないから安心しろ。さて、終わった。クリスタ、リタ。何して遊ぶ？」

「ジークで遊ぶ……」

「リタは鬼ごっこしたい！　ジークが鬼ね！」

「上等だ！　一瞬で終わらせ……おい⁉　重くするのは卑怯《ひきょう》だぞ⁉」

「子供相手だ。手加減しろ」

「とかいってお前さんも逃げてるじゃねぇか⁉　卑怯だぞ⁉」

　重くされて床に張り付いたジークをよそに、俺はクリスタとリタと共に逃げるのだった。

11

「温泉？」

「そう、温泉。みんなで一緒にどう？」

　それは唐突な提案だった。配給から始まり、ジークの捕縛にと、連日外出したせいか、体のあちこちが痛い俺に向かってエルナが温泉に行くことを提案してきたのだ。

　場所は帝都近くの老舗温泉旅館〝ハイルング〟。傷や体の疲労を癒《いや》すとされて、古くから皇帝や著名な戦士が利用していたことで知られる。

　とはいえ、正直行きたくない。まず一つ、面倒だ。ぶっちゃけ疲れてるし、外出気分じゃない。なぜ疲れを取るのに疲れなきゃならんのか。

もう一つはこのタイミングでエルナがそんなことを言ってくるのが気になる。なにか裏があるような気がする。

そんなことを思っていると、俺の考えを察したのかエルナがため息を吐《つ》いた。

「別に思惑なんてないわよ」

「じゃあどうして唐突に誘うんだよ？」

「お母様が最近、アルが頑張ってるみたいだから温泉で休んで来たらって言ってくれたの。私も近衛《このえ》騎士の仕事があると行く機会はないし」

エルナの謹慎はすでに解かれているとはいえ、まだ近衛騎士復帰のめどは立っていない。父上としてもクリスタを守れなかった責任を追及し、近衛騎士から外した手前、戻すキッカケが欲しいんだろう。戻したいところではあるが、無条件で戻すことはできないといったところだろうか。

だが、即位二十五周年が近づく中、いつまでもエルナを遊ばせておく余裕はない。そのうち近衛騎士に復帰せよという勅命が出るだろう。そうなればエルナはまた忙しくなる。

今のうちにゆっくりとするというのは間違ってないだろう。しかし、だ。

「そう思うならそっとしておいてくれ……ぶっちゃけ外出する元気はない」

「情けないわねぇ」

エルナは嘆息しつつ、部屋にある椅子に腰かける。そして足を組んで俺に向かって告げた。

「アルは行きたくないかもしれないけど、ほかの人はどうかしらね？」

「温泉にわざわざ俺がついていく必要はないだろ……」

「必要はないけど、ついてきてほしいって思う人はいると思うわよ」

「誰だよ？」

「誰かしらねぇ」

　そう言ってエルナはとぼけた表情を見せる。なんだ、こいつの余裕は。いつもなら、いいからついてきなさいってごり押ししてくるのに。なんだろう。

　嫌な予感がする。そう思ったとき、部屋の扉が開かれた。

「兄さん！　温泉行くなら僕も行くよ！」

　ノリノリの様子でレオが入ってきた。いつも以上に笑顔だ。完全にテンション上がってる。

　思わずため息を吐いて、エルナを見る。エルナは俺と視線を合わせない。

「……レオ。俺は行くとは言ってない」

「えー、もうクリスタやフィーネさんも誘っちゃったよ」

「お前はどうして、そう……」

　呆《あき》れて俺は顔を覆う。レオはこういうみんなで何かする、どこかへ行くということが好きだ。

　子供の頃から家族旅行に憧れを抱いていた。とはいえ、それは憧れだ。皇帝と妃《きさき》、そして皇子が移動するとなれば護衛も必要だし、大げさになる。家族だけの楽しい旅行にはなりえない。

　大人になってからは帝位争いが始まって、それどころじゃなかったし、レオとしては夢をかなえるいい機会なんだろう。

「お前、帝都守備隊の指揮はどうするんだよ？」

「一日くらい平気だよ。名誉将軍だからね」

「勢力争いの真っ最中だぞ？　休戦中とはいえだな……」

「エリク兄上は今日の昼には帝都を離れるよ。外務大臣だからね。ゴードン兄上の勢力も動かないし、大丈夫。他の仕事もマリーが引き受けるって言ってくれたんだ」

「……」

ちっ、状況が良いように揃《そろ》ってしまっている。

ここでレオが温泉に行くのは印象がいい。何かしようと思えばできる状況で動かないというのは、父上の意思に反する気はないと表明することに繋《つな》がる。

帝位争いの観点から見てもなかなかに上策だ。ただし俺が行く理由にはならない。

「そんな行きたいならお前とエルナで行ってこい」

「兄さんだけ置いていくわけにはいかないよ」

「いや是非、置いていってくれ」

「最近休んでないでしょ？　たまには親しい人たちとゆっくりしようよ」

「あのなぁ……俺はゆっくりしたいから行きたくないんだよ」

そんな平行線の話し合いをしてると、今度はフィーネがリンフィアと共にやってきた。

こちらもなんだかウキウキしてる。

「アル様！　温泉に行くんですか!?　私も行きたいです！」

「いや、まだ行くと決まったわけじゃ……」

「ほら、フィーネさんも乗り気だよ？」

レオはそう言って俺に選択を迫る。レオ、フィーネ、エルナ。この三人がまさかの結託とは。

俺は最後の助けを信じてリンフィアを見る。

「湯治というなら賛成です。今はお疲れで動くのが億劫《おっくう》かもしれませんが、温泉に浸《つ》かれば疲れがしっかり取れます」

「リンフィアまで……」

　味方してくれると思ったのに……。

ガクリと肩を落とした俺だったが、やはり諦められない。湯治？　そんなものに頼るほど重傷じゃない。単純に体が疲れているだけだ。適当に寝ていれば回復する。

むしろ温泉に行くことで更なる疲れが出るかもしれない。

「俺は行きたくない」

「そんな……」

「兄さん、これは兄さんのためなんだよ」

嘘《うそ》つけ。顔に自分が行きたいって書いてあるぞ。レオ。

騙《だま》されるかと顔をひきつらせていると、さらなる来客がやってきた。

「アル兄様……温泉……」

部屋の外から顔だけ出して、クリスタが俺のほうをジーッと見てくる。

行きたいという感情が視線から伝わってくる。

そんなクリスタの後ろからひょっこりとリタが顔を出す。

「リタもいきたーい!!　アル兄連れていって!!」

「リタまで……このメンバーで行くとなるとスケジュール調整が」

「お任せください。すべて整えておきました」

「……」

音もなく現れたセバスがまさかの仕事が終わった宣言をしやがった。

なぜだ!?　主人は俺だぞ!?

いつもは有能さに助けられているが、こんなときは厄介でしかない。

俺はセバスを思いっきり睨《にら》むが、セバスはどこ吹く風だ。しかも。

「アルノルト様が行かないとなると、帝都で噂されてしまうかもしれませんな。レオナルト皇子がエルナ様とフィーネ様を連れてお忍び旅行だと。レオナルト様のイメージが壊れてしまうやもしれません」

「俺が行っても一緒だろ!?」

「アルノルト様とレオナルト様、そしてエルナ様が幼《おさな》馴染《なじみ》なのは周知の事実。仲が良い三人にフィーネ様が加わり、クリスタ様とそのご友人もついていった。文句のない家族旅行です」

なんだ、その理論。帝都の民はそれで納得するのか？

レオに憧れる女子、フィーネに憧れる男子は俺が間に入るだけで引き下がるのか？

「アルノルト様の湯治に付き合ったということにすればすべて解決です。つまりアルノルト様が不可欠なのです」

「どうしてそこまで俺を行かせようとする……」

「帝位争いも激しさを増し、アルノルト様もレオナルト様も無理をなさっています。傷を負い、疲労も溜《た》まっているでしょう。今は休む期間ですから、全力で休むべきです」

「はぁ……わかったわかった。行けばいいんだろ、行けば」

「本当!?　やった!!」

レオが子供のように無邪気に喜び、クリスタやリタとはしゃいでいる。

どんだけ行きたかったんだよ、こいつは。

「メンバーは俺、レオ、エルナ、フィーネ、リンフィア、クリスタ、リタ、セバス。この八人でいいな？　このメンバーなら護衛もいらんだろ」

「おいおい、オレを忘れてもらっちゃ困るぜ。小僧」

そう言ってニヤリと笑いながらジークが部屋に入ってきた。

「温泉……それは男の理想郷！　壁の向こうに見えるのは魅惑の花園！　挑むべきか、退《ひ》くべきか！　そこで男の度胸が試される！　初めてだとビビってしまうだろうが、安心しろ！　このジーク様がお前の夢をかなえてやろう！　小僧！　オレについてこい!!」

「お前は留守番だ」

「なにぃぃ!?!?」

自分に酔っていたジークが現実に引き戻されて、驚愕《きょうがく》の表情を浮かべた。俺は驚愕することに驚愕しているが。当たり前のことだが、覗《のぞ》き魔を連れていくわけない。

「お前、覗くだろ。今、そう宣言しただろ」

「の、覗かねぇよ。今のは熱いお湯に入るのは勇気がいるよなって例えであってな」

どんな例えだ。どう考えても覗く宣言だっただろうが。

「何言っても無駄だ。お前は留守番」

「おい!?　それでも男か!?　あんまりだと思わないの!?　同じ男として可哀想《かわいそう》とか思わないのか!?」

「思わないな。欠片《かけら》も」

「この鬼畜生め！　さては自分だけ覗く気だな!?　どうせ行きたくない、行きたくないって言いつつ、周到に覗く計画を立ててるんだろう!?　てめぇだけに良い思いをさせるか！　美女の柔肌《やわはだ》は全男子の共有財産だぞ！」

そう言ってジークが俺に向かって飛び跳ねてくる。だが、その瞬間に首輪を重くして地面に落とす。

「あべぇ!!」

「留守番はお前のためだ。覗いたが最後、エルナに斬られるぞ？」

「ゆ、勇者が怖くて覗きなんてやれるか……っ、つれていけ……オレをつれていけ!!」

「立派だが、駄目だ」

「なんだよ！　つれていけよ！　オレも行きたい！　行きたい！」

そう言ってジークはゴロゴロと地面を転がる。まるで駄々《だだ》っ子《こ》だ。

駄々っ子と違うのは、転がった先でフィーネのスカートの中を覗こうとする点だろう。

近づく前にリンフィアに弾《はじ》き飛《と》ばされているが。

「これで決まりだ。行くならさっさと行こう。馬車の準備もできてるか？」

「もちろんです」

「んじゃ出発だ」

「おのれぇ……覚えておけ、小僧。オレを留守番させたところで第二、第三のオレが現れるだろう……!!」

「第二、第三のお前はエルナに斬られるから安心しろ」

そう言って俺たちはその場を後にして、老舗温泉旅館〝ハイルング〟へと向かったのだった。

12

「あー……良いお湯だ」

ハイルングに来た俺たちは男女の部屋に分かれた。とはいっても、温泉に入ることが目的なため、俺とレオはすぐに温泉に向かった。

ハイルングの源泉は山の中腹にあり、そこから下のほうにあるここまで湯を引いてきているそうだ。

傷や疲労を癒《いや》す効能があり、帝国屈指の観光名所でもある。そこを俺たちは貸し切りで使っていた。偶然、客がいなかったとかそういうわけではなく、今日一日、勇爵家が貸し切ったのだ。アンナさんの仕業だろうな。

まぁおかげで余計な心配もせず、まったりできるし感謝しておこう。

「来てよかったでしょ？」

そう言ってレオも湯の中へと沈む。俺とは違って鍛えているせいか、引き締まった体には小さな傷がいくつもついており、肩には大きな傷がある。南部で悪魔と交戦した際に刺された傷だ。そこにレオは湯をかける。

「兄さんも左手をちゃんとつけておきなよ？　これで痛むことはなくなるらしいよ」

「問題ない。ちゃんと沈んでるからな」

そう言って俺は深く体を沈ませる。最近、溜まっていた疲れが湯に溶けていくようだ。

ああ、気持ちいい……。

「セバスも入ればよかったのにね」

「外の警戒するって言ってたからな。俺らが上がったら入るんじゃないか」

「そっか。じゃあ僕は早めに上がろうかな。兄さんものぼせないうちに上がりなよ？」

「ああ、わかってる」

そう言ってレオが湯から上がっていく。それを見送り、俺は静かに目を閉じる。

疲労回復効果があるというのは本当だろう。お湯から魔力を感じる。もしかしたら魔力も回復できるかもしれない。ここ最近、ずっと魔力を使いっぱなしだったせいか、なかなか万全には戻らなかった。

今まではそれで何とかなったが、これからはそうもいかないかもしれない。本格的にエリクと争うとなればこれまで以上に慎重な暗躍が求められる。

セバスが俺を連れて来たがったのはそういう意味もあったのかもしれない。

「ふぅ……」

深く息を吐き、悩みも一緒に吐き出す。今は考えるのはやめよう。お湯に身を任せ、過ぎ去る時を感じていよう。そんな風にまったりと温泉を堪能していると、隣から声をかけられた。

「アル兄ー！　レオ兄ー！」

リタの声だ。反応するか迷ったが、無視も可哀想だと思い、返事だけする。

「レオはもう上がったぞー」

「えー、そっちはどんな感じ？」

「そっちと変わらんだろ。時間によってはこっちが女湯になるらしいしな」

源泉からお湯を引っ張ってきているが、そのお湯が最初にたどり着くのはこっち側で、そこからさらに隣の女湯まで広がっている。大して変わらないだろうが、源泉に近い分、こっちのほうがやや熱いのかもしれない。違いといえばそれくらいだろうな。

「こら！　リタ！　体を流してから入りなさい！」

「えー！　早く入りたい!!」

「駄目よ！　まずは体を流すの！」

そう言ってエルナがリタを注意する。

わいわいとうるさくなったところを見ると、女性陣はようやく入り始めたらしい。随分と部屋でゆっくりしてたんだな。まぁ貸し切りだし、慌てて入ることもないと思ったんだろうか。

「殿下、熱くありませんか？」

「うん……平気」

別のところからはフィーネとクリスタの声が聞こえてきた。

たぶんフィーネがクリスタの髪でも洗ってやっているんだろう。

声の調子からフィーネも楽しそうだし、子供の面倒が負担というわけではないらしい。

リタとクリスタを任せてしまって申し訳ないと思っていたが、考えすぎだったか。

そんな声を聞きながら、俺は目を開けて空を見上げる。夕方になり、日が落ち始めた空は幻想的な色を見せている。お湯に入っているせいか、なんだかその空が特別なものに思えてくる。

不思議なもんだ。来るまでは乗り気じゃなかったが、お湯に入れば来てよかったと思える。

あれなら一生、このお湯の中で過ごしてもいいくらいだ。それくらい気持ちいい。

なんて他愛《たあい》のないことを思っていると、唐突に俺の耳に異音が届いた。

「チュピー」

「チュピー……？」

なんだと思いつつ、空から視線を外す。

すると黒い毛並みのペンギンらしき動物が傍《そば》にいた。サイズは小さめだ。見た目的にはペンギンだ。ちょっと太っているように見えるけど。

誰かのペットなのだろうか。なんだか上等そうな服を着ている。

まぁ今はそんなことはどうでもいい。

「おい……お前……その棒、どこから持ってきた……？」

問題なのはそのペンギンらしき動物が、魔導具らしき棒を持っていることだ。

記憶が正しければ水に関連する魔導具で、ここにあってはいけない物な気がする。

ペンギンらしき動物は人の言葉がわかるのか、シュッと山の中腹あたりを示した。

「あそこから……それを持ってきたのか……？」

「チュピー」

その通りと言わんばかりにペンギンらしき動物は鳴く。

あそこにあるのは源泉だ。そこからお湯を引く以上、お湯が来過ぎないように制限する物があるはずだ。もしかしなくても。

「それで水の量を調整してたんじゃないのか!?」

「チュピー」

俺が叫んだ瞬間、山の中腹のほうから大きな音が響いてきた。

やばい！

咄嗟《とっさ》に立ち上がって温泉から出ようとするが、お湯の中ではうまく走れずに俺は一気に流れてきたお湯に押し流される。

お湯に飲み込まれ、前後と上下の感覚すらなくなる。ただ必死で息を確保しようともがいてみると何とか顔を水面に出すことができた。

「ぷはっ!!　はぁはぁ……」

死ぬかと思った……。

俺は風呂関係に呪われているんじゃなかろうか。

一度目はエルナに溺れさせられ、二度目はよくわからん動物のせいで溺れかけた。

「くそっ……ひどい目に……」

とりあえず生きていることに安心し、俺はお湯からさっさと上がろうとする。

そこで俺は気づく。さきほどと少しだけ風景が異なることに。

些細《ささい》な違いだ。お湯が流れてくるところがさきほどより遠いだけだ。それ以外は大差ない。

問題なのはその些細な違いがある場所は、本来木の板を挟んで向こう側だったはずということだ。

「っっっっ!?!?」

声にならない悲鳴が耳に届く。

どうやらお湯に押し流されたときに木の板が壊れたらしい。

そう――俺は女湯にいた。

目の前には一糸まとわぬエルナがおり、その奥には同じく何も纏《まと》っていないフィーネとクリスタとリタ、そんな三人を守ろうとしてたのだろう。剣を持ったリンフィアがいた。ただ、この場合は剣じゃなくタオルを取るべきだった。

フィーネの量感のある胸や、リンフィアの均整の取れた体、そして二人の白く眩《まばゆ》い肌は何にも隠れていない。

身を隠すには剣というのはあまりに細すぎる。それは目の前のエルナにもいえるだろう。

両手で体を覆っているが、それだけじゃ何も守れていない。

胸は相変わらず残念な感じだが、それはそれでいいと言う人も多いだろう。それに女性らしい丸みを帯びつつ、細く引き締まった下半身は一見の価値はあるだろう。まぁ見るのに命懸けというのが難点だが。

「アル……？　なにか言い残すことはあるかしら……？」

「そうだな……エルナは下半身の丸みを帯びつつ、細く引き締まったラインがいいな。リンフィアは全体的にバランスがとれていて、非常にグッド、フィーネは大きな胸と細い腰の黄金比が完璧だ」

俺がそう評すると三人は一斉に顔を赤くし、より一層体を隠した。

もはや下手に誤魔化《ごまか》したり、弁明するだけ無駄だ。折檻《せっかん》は決まっているわけだし、正直な感想を言うべきだろう。

男の素直な評価も今後の彼女たちの役に立つはずだ。眼福の対価としてはあれだが、ために

なれば俺としても本望だ。

クリスタとリタはさすがに批評できない。まぁトラウ兄さんなら感涙ものだろうけど、俺にそっちの趣味はない。

「女湯に乗り込んできて言うことがそれだけ!?」

「言い訳はしない。完全に偶然だが……眼福でした。ごちそうさま」

ペコリと頭を下げると頭に強い衝撃が走り、俺は思いっきりお湯の中に沈ませられた。

一撃で意識が遠のいていく。かつてもこんなことがあった気がするなぁと思いつつ、俺は意識をゆっくりと手放していく。

その過程であのペンギンらしき動物の鳴き声が聞こえてきた気がした。

そうだ……あいつ、次に会ったら丸焼きにしてやろう。

そう決意しながら俺は底へと沈んでいくのだった。

13

ハイルングの別館。本来なら勇爵家の名で貸し切られているはずの場所に、大量の近衛《このえ》騎士がいた。もちろん休暇などではない。

彼らが護衛しなければいけない対象が別館に泊まっていたのだ。

「猊下《げいか》。猊下のご友人をお連れしました」

恭しく頭を下げながら一人の近衛騎士が部屋に入った。

その腕には黒いペンギンらしき動物が抱かれていた。疲れたのかスヤスヤと寝ている。名門旅館の源泉を暴走させ、帝国皇子が溺れる切っ掛けを作ったにしては暢気《のんき》である。

「おー！　我が友が戻ったか！」

溌剌《はつらつ》とした声が部屋に響いた。その声を聞いてペンギンらしき動物も目を覚まし、声の主のほうへ寄っていく。そして声の主はペンギンらしき動物を抱き上げた。

「どこに行っていた？　もしや妾《わらわ》を差し置いて自分だけ遊んでおったか？」

「チュピー」

「そうかそうか！　まぁよい！　妾は心が広いからな！　許そう！」

そう言って声の主はペンギンらしき動物をおろすと、連れてきた近衛騎士に視線を移す。

近衛騎士は少しだけ緊張していた。猊下と呼ばれた人物は極秘裏に招かれた国賓。だからこそ、勇爵家が貸し切ったはずの旅館にも泊まっている。そのペットが脱走したのは近衛騎士の失態といえた。

怒らせたとなれば、帝国への不利益を招いたということになる。近衛騎士としてあってはならないことだ。近衛騎士は後悔に襲われる。だが、声の主は明るい声で告げた。

「よく連れてきてくれたな！　感謝するぞ！　近衛騎士！」

「お、怒ってはおられないのですか……？」

「我が友が無事に我が手に戻ってきた。それでいいではないか。まぁ、そうだな。申し訳ないと思うなら、いつまでも狭い部屋に閉じ込めないでほしいのだが？」

「それについては本当に申し訳ありません。猊下の存在は機密中の機密ですので。帝都までご辛抱ください」

「帝都まで待てば外を出歩けるか？」

「それは……私では答えかねます」

近衛騎士の答えに声の主は笑う。そう言うだろうとわかっていたからだ。

それで話はおしまいだった。声の主は部屋の中でペンギンらしき動物と遊び始めた。

それはそれで楽しいと感じていたが、どうしても開放感には欠けた。

「そう言えばさきほど楽し気な声が聞こえてきたが？」

「第七皇子、第八皇子、第三皇女がお連れと共にお見えです」

「なるほど。妾が狭い思いをしているのはその皇族たちのせいか」

「げ、猊下!?」

余計なことを喋ってしまったと近衛騎士は慌てるが、そんな近衛騎士を見て声の主は笑う。

「慌てるでない。何もしたりしない。妾は心が広いからな！」

そう言って声の主はエッヘンと胸を張る。その姿に不安しか感じなかったが、近衛騎士は何も言わなかった。これ以上、声の主と会話していると心が持ちそうになかったからだ。

失礼しますと言って近衛騎士は下がっていく。

「ふぅ……」

「どうだ？　不機嫌になったか？」

「いや、機嫌は良さそうだった。ご自分で言っているように心が広くて助かった」

「まぁ、大陸が誇る〝矛盾〟の盾のほうだからな。怒りっぽい性格だったら、俺たちだけじゃ身が持たない」

「まったくだ。このまま大人しくしていてほしいよ」

　そう言って近衛騎士は護衛に戻ったのだった。

Episode 2

第二章　矛と盾

1

「平和だなぁ」

「最近死にかけた人間の言うこととは思えませんな」

城から街を見下ろしながらそうつぶやくと、セバスに突っ込まれてしまう。

温泉に行ってから数日が経《た》った。

結局、俺は溺死しかけた。人生二度目の体験だ。とはいえ七割くらいは俺が悪いのでしょうがない。見られても減るもんじゃないと言う奴《やつ》もいるが、それを決めるのは女性側だしな。

あれ以降、やや三人がよそよそしかったが、だんだんいつもどおりに戻りつつある。ありがたいことだ。

さらにありがたいことに溺れかけた俺に気を遣ってか、誰も外に連れ出そうとしなくなった。

おかげでここ数日は非常に平和だった。

「まぁ水の中で意識を失っただけだしな。勇者がいる女湯に突撃して、それで済んでるだけマシだろ。俺じゃなきゃ斬られてたぞ」

「それは一理ありますな」

「それに平和ってのは俺個人のことじゃない」

　そう言って俺は城下町を見て目を細める。

　クリューガー公爵の反乱以降、活気が目に見えて落ちていた帝都だが、だんだんと元に戻りつつある。少々麻痺《まひ》していた流通網も回復し始めており、物も人も流れ始めた。

「連続した騒動のせいで、帝国は打撃を受けた。完全に回復する暇もなく、次々に問題が起きたせいで民の生活にも影響が出ていたし、帝位争いが休戦となったのは良かったと思うよ」

「しかし、我々にあった勢いが消えたことも事実です」

　セバスの言葉に俺はため息を吐《つ》く。そのとおりではある。連続した騒動をレオは解決してみせた。名声は高まり、レオに追従する者も増えていた。そこに来ての休戦だ。

「勢いは消えた。だが勢い任せで勝てる相手でもない。エリクなら俺たちが攻撃に出た瞬間、帝位争いが民の生活を圧迫してるとかいって、意図的にこの状況を作り出してた可能性もある。そうなれば俺たちは一方的に悪者だ。すべての騒動で俺たちは常に当事者だったからな」

「エリク殿下ならやりかねませんな。常に傍観し、表面上は帝国第一の姿勢を見せていますが、その真意は測りかねます。強者ゆえの余裕なのかもしれませんが、あの方は積極的に対抗勢力を潰したりはしません。そのせいで帝位争いは激化しているともいえます」

セバスの言う通りだ。最大勢力であるエリクが重い腰をあげて対抗潰しにでれば、帝位争いは激化はしなかっただろう。ゴードンにせよ、ザンドラにせよ、最初はエリクから見れば弱小勢力だった。それはもちろん俺たちもだ。

だが、エリクはどういうわけか芽を摘むようなことはしなかった。その後も優位を保ち、攻撃を受ければ反撃こそすれ、自分から攻撃するようなことはほとんどなかった。

最強の傍観者。それがエリクの印象だ。

「あいつの真意はわからんが、難敵であることは間違いない。あいつと俺たちがぶつかりあえば、帝位争いはさらに激化する。その前に一度、回復期間を挟むのは悪いことじゃない。民が困窮するのを見れば、きっとレオは足を止める。それは避けたい」

「ではこの期間に動くことはしないのですね？」

「ああ、俺たちから仕掛けることはしない」

父上から動くことは禁止されている。とはいえバレなきゃいい話で、やれることはいくつかある。だが、それで治安が悪化したりすれば意味がない。

即位二十五周年が無事に過ぎ去り、帝位争いが解禁されるまでは暗躍もお預けにしておこう。

ただし、何もしないわけじゃない。

「それで？　俺が遊んでいたからといってお前まで遊んでいたわけじゃないだろ？　なにか使えそうな情報はあるか？」

「はっ、いくつか気になる情報がございます」

情報収集はセバスの仕事だ。休戦期間中もセバスは精力的に動いて情報を集めている。勢力規模という点でいえば俺たちはエリクはおろか、ゴードンにも劣る。勢いがなくなった今、情報を手に入れて先を予想して動かなければ不覚を取りかねない。

「聞こう」

「まず一つ目です。先日向かったハイルングですが、貸し切りのはずでしたが別館に客がいたようです」

「なに？　勇爵家が貸し切ったのにか？」

なかなか挑戦的なことをする。勇爵家が貸し切りにといって、利用していたのは皇族である俺とレオとクリスタ、そして父上のお気に入りであるフィーネと勇爵家の次期当主であるエルナだ。もしも表立ってバレていれば、ハイルングの評判はがた落ちだったぞ。

「はい。その利用していた客は近衛騎士でした。正確には第二近衛騎士隊が別館を固めておりました」

「第二近衛騎士隊が？」

近衛騎士団の中でも第一から第三までの隊長は別格の強さを誇る。それゆえこの隊長たちの隊が使われるのは重要な任務が多くなる。特に今はエルナがいないため、残る二人の重要性はさらに高まっている。

「彼らが別館で遊んでたわけもないだろうし、俺たちの護衛ってわけでもないだろうな」

「はい。間違いなく別館を護衛していました」

「ならそこに第二近衛騎士隊を使うほどの要人がいたってことだ。きな臭いな」

自国の要人か他国の要人か。どちらにせよ、あそこで一泊したなら目的地は帝都かその近辺だろうな。護衛付きで父上に誰かが会いにきたと見るべきだろう。

完全に情報封鎖されているあたり、間違いなくお忍び。知られちゃまずい要人ということだ。

「それについてはこれからさらに情報を集めるつもりです」

「ああ、そうしてくれ。あとはあるか？」

「もう一つ厄介な情報がございます。アルノルト様は〝鷗《かもめ》の盟約〟というのをご存じですか？」

「知らんが、鷗っていうくらいだ。フィーネ関連だな？」

「はい。〝鷗の盟約〟というのは帝国の男性貴族が結んだ紳士協定であり、不可侵条約です。ようするにフィーネ様に対して抜け駆けは禁止だということですな」

「そんなもん結んでたのか……暇な奴らだな」

「その暇な方々が一斉にフィーネ様に求婚していたらと考えれば、馬鹿にもできますまい」

「それもそうか」

帝都にフィーネが来た時点で彼らがフィーネの下に殺到していたら、フィーネは恐怖で自領に戻ってしまっていたかもしれない。そういう意味では良い盟約を結んだといえるだろう。

「この盟約のおかげでこれまで帝都の貴族でフィーネ様に直接結婚を申し込んだり、しつこく見合いを申し込んだりする方はいませんでした。ですが、その盟約が壊れようとしています」

「なんでだ？」

「原因はあなたです。最近、評判が良くなり始めたのが仇《あだ》となりましたな。レオナルト様ならいざ知らず、下手をすればアルノルト様にフィーネ様を取られかねない。多くの貴族にとって、前者は仕方ないと諦められますが、後者はプライドが許しません」

「くだらんなぁ……」

心の底からそうつぶやく。レオなら諦められて、俺なら諦められないというのが本当にくだらん。心底フィーネを想《おも》っているならレオが相手でも諦められんだろうさ。

皇帝のお気に入りである蒼鷗姫《ブラウ・メーヴェ》。絶世の美女。クライネルト公爵令嬢。それらの付加価値を狙っている者が大半なんだろうな。だから俺が相手じゃ諦められない。

下に見てた者が突然、幸運を摑《つか》むのが許せないということだろう。レオならフィーネと結婚しても今の地位は変わらないが、俺は確実に自分の地位が上昇する。それが許せないということで、今更声をあげるなんて情けないかぎりだ。

「今までは歯牙にもかけていなかったのでしょうが、最近のことを思えばアルノルト様とフィーネ様が婚約というのもあり得ない話ではありません。もちろん多くの人は大本命はレオナルト様と見ているでしょうが」

「だからジッとはしていられないと？　レオなら仕方ないが、出涸《でが》らし皇子にとられるのは癪《しゃく》だと？　ふざけた話だ」

「そうですな。彼らにはラインフェルト公爵の爪の垢《あか》を煎じて飲ませたいところです」

「まったくだ。諦めないあの人を見習えっていうんだ」

ややイラつきながら俺はつぶやく。

フィーネを想い、絶対に諦めない意思を持っている人なら応援したかもしれないが、くだらない盟約に加わって、さらにくだらない理由で脱退するような奴らは応援はできない。

「それで？　中心となっているのは誰だ？」

「盟約からの脱退をすでに表明したのはお一人です。名前はラウレンツ・フォン・ヴァイトリング侯爵です」

「ヴァイトリング侯爵だと……？」

俺にとって無関係とはいえない人物の名前が出てきたことに驚きを隠せなかった。

まさか彼がそんな盟約に入っていたとは。

「盟約を脱退した以上、そのうちフィーネ様にアプローチをかけてくるでしょう。おそらく皇帝陛下にも直談判《じかだんぱん》するはずです」

「そりゃあそうだろうよ。なにせヴァイトリング侯爵家の現当主だからな」

ヴァイトリング侯爵は現在、二十歳の若き宮廷貴族だ。名門中の名門であるヴァイトリング侯爵家を継いでおり、端整な顔立ちというのも相まって社交界では注目の的だったはずだ。

ただ注目の的というのはヴァイトリング侯爵家の当主だからというだけじゃない。彼の二人の姉が関係している。

「ヴァイトリング侯爵には二人の姉がいる。一番上の姉は皇族に嫁いでおり、二番目の姉は現近衛《このえ》騎士団長兼第一近衛騎士隊隊長。影響力は尋常じゃない」

問題なのは一番上の姉のほうだ。彼女が嫁いだ皇族は今は亡き皇太子。

つまり長兄の妻だった女性が、一番上の姉。俺にとっても義姉ということだ。

「これは厄介なことになりそうだな……」

「帝位争いとは一見しただけでは無関係ですから、皇帝陛下も止められないでしょう」

「その言い方だと帝位争いが関係しているように聞こえるが？」

「その盟約にはホルツヴァート公爵家のライナー様も入っております。ヴァイトリング侯爵とは仲がよろしいとか」

「なるほど……ギードの弟か。兄貴と違って上手《うま》いやり方をするじゃないか」

おそらくエリクの指示じゃない。ホルツヴァート公爵家の意思だろうな。

帝国にとっての平和は続きそうだが、俺の平和な日々は終わりそうだな。

2

噂《うわさ》をすれば。そんな言葉が俺の頭によぎる。

城をフィーネと歩いていると背の高い美男子が歩いてきた。金髪碧眼《へきがん》の貴公子だ。手に持っているのは蒼《あお》で統一された花束。

姿を見たことはあれど、会話したことはない。だが、社交界で注目の的になるのはよくわかる。歩いているだけで目を惹《ひ》かれる。

この貴公子がラウレンツ・フォン・ヴァイトリング侯爵だ。

「初めまして、フィーネ嬢。俺の名前はラウレンツ・フォン・ヴァイトリング。花が好きだと伺ったので花を持ってきました。あなたに似合う蒼色です」

そう言ってラウレンツはニコリと笑って、フィーネに花束を差し出した。

一瞬でわかった。俺、こいつのこと苦手だ、と。

人との距離感を測ったり、空気を読んだりしないタイプだ。天然だろうから性質《たち》が悪い。視野が狭く、思考が偏っているんだろうな。

フィーネはラウレンツの行動に一瞬固まった。理由はわかる。

城の中で皇子である俺をいないものとして扱い、隣のフィーネにプレゼントをあげるという無礼すぎる行為に絶句しているのだ。

「……ヴァイトリング侯爵。私は殿下に無礼を働く方から何かを受け取る気はありません」

そう言ってフィーネは一礼して、ラウレンツの横を通り過ぎていく。

受け取ってもらえないとは思ってなかったんだろう。ラウレンツは愕然《がくぜん》としている。

これまでの人生、大体のことが上手く行ってきたんだろうな。他者に配慮してもらい、配慮する側には回ってこなかった。噂どおり優秀でもあるんだろう。

だから大体のことが許されてきた。女性に振られるのも初めてなんだろう。すごい顔をしている。初めての挫折といったところか。

ラウレンツが俺に視線を向けた。その目の奥にはどす黒い嫉妬の色が見えた。

「……彼女にああ言えと命令したのですか？」

「ずいぶんな言い草だな」

　無礼といえばギードだが、ギードですら自覚をもって俺を見下している。けど、ラウレンツは違う。まるで呼吸するように俺を見下している。自覚はない。きっと、本人に確認しても否定されるだろう。だが、態度と雰囲気から見下しているのはよくわかる。

　よほど俺よりも皇族らしいな。だが、こいつはあくまで侯爵だ。それは不遜と映る。

「彼女は優しい人だ。俺を無下に扱うなんてありえない」

「フィーネのことをよく知りもしないのによく言うな？　そもそも彼女の言ってることは間違っちゃいない。形だけでも俺に挨拶するべきじゃないか？」

「挨拶をすれば満足だと？」

「俺は求めちゃいないが、俺の立場とお前の立場ならそれが自然だ」

「俺は陛下に仕えているのであって、あなたに仕えているわけじゃない。敬意を払うに足る人なら敬意も払うが、あなたは違う」

「そうかい。まぁ俺はどっちでもいいけどな」

　そう言って俺もラウレンツの横を通り過ぎようとする。そんな俺にラウレンツは告げた。

「あなたにフィーネ嬢を任せることはできない。あなたの傍《そば》にいればフィーネ嬢も嫌な思いをするはずだ」

「独善的だな。自分の判断が一番正しいと思うのは勝手だが、フィーネにも意思があると覚えておくことだな」

そう言って俺はラウレンツとの会話を切り上げて、廊下を歩いていく。少ししてフィーネの姿が見えた。その顔はなんだか落ち込んだ様子だった。

「申し訳ありません。私のせいでアル様が嫌な思いを……」

「君のせいじゃない。しかし……ヴァイトリング侯爵は厄介な人物だな」

ギードは面倒だが厄介じゃない。本人の能力が低く、周りへの影響力が足りないからだ。しかし、どちらもラウレンツは持ち合わせている。

本来ならもう少しまともな人物なのかもしれないが、今は嫉妬によって動いている。男が嫉妬で動くと碌《ろく》なことにはならない。

「馬鹿なことをしなきゃいいんだがな」

「ヴァイトリング侯爵家と言えば名門中の名門。それなのに皇族への礼儀を教わらなかったんでしょうか？」

「教わったし、レオには礼を尽くすだろうさ。けど、俺は例外なんだろう」

「そんな……」

「珍しいことじゃない。帝都の若い貴族にとって、俺はそういう対象なんだ。子供の頃から侮ってた相手だ。今更、敬意を払うことはないだろう」

だが、それでも皇族は皇族。直接喧嘩《けんか》を売ってくることはないと信じたいものだ。

そんなことを思いつつ、俺はフィーネと共に自室に戻ったのだった。

3

数日後。俺は自室でセバスから帝都の様子を聞いていた。

「どうだ？　帝都の若手貴族たちは」

「ヴァイトリング侯爵を皮切りに、鷗の盟約からの脱退を表明する者が続出しております。まだ大きな動きはありませんが、ヴァイトリング侯爵家の屋敷には多くの貴族が集まっております。そのうち何か動くでしょうな」

「なんだ？　俺のせいだって言いたいのか？」

「そうは言いませんが、もう少し敵を作らぬ努力をすべきでしたな。鷗の盟約に参加していた若手貴族たちの大半は、帝位争いには参加しておりません。若すぎる当主やあくまで後継者という立場だからです。これが全員敵に回れば厄介なことになりましょう」

「俺が気に食わないという連中だぞ？　味方に回ったほうが厄介だ」

俺が何をするにも意見してくる奴《やつ》なんて、いないほうがマシだ。そもそも帝位争いにいまだ参加していないのは、政治的にあまり力がないからというのもある。ラウレンツはヴァイトリング侯爵を継いではいるが、あくまで父が病にかかったから。ふさわしい功績を残したというわけではない。

子供たちに帝位争いから距離を置かせる親は多い。中立を保ち、勝ち馬に乗るのが一番安全だからだ。そうでない場合、勝ち抜く者を見極め、その候補者を導《みちび》く政治力が必要になる。それは言うほど簡単なことじゃない。

「ですから敵を作らぬ努力をすべきだったと申しました」

「俺は他人の神経を逆なでするのが上手いらしいからな。性分だ。諦めろ」

「はぁ……一言、自分はレオナルト様の代わりだと言えば良かっただけでは？」

セバスの言う通り、俺がフィーネの傍にいるのはレオの代わりだと言えば、俺を敵視する者は減るだろう。だが、そんなことを言えばじゃあ近づくなと言われたときに抗弁できなくなってしまう。

「小言は結構。今の自分の環境を変える気はない」

「なるほど。そういうお覚悟を決めておられるならもう何も言いません」

フィーネの傍にいるという環境。俺は気に入っている。だからそれをどうこうしようと言うなら、ラウレンツたちは排除する。たとえ帝位争いで不利になったとしても。そこは譲れない。

「では、別の報告を。どうやら冒険者ギルドが独自の動きを見せているようです」

「冒険者ギルドが？」

珍しいことだ。シルバーに何も言わずに動くとは。帝都支部の思惑ではないな。もっと上の連中が関わっている。

「はい。しかも、その動きには帝国も関わっているようです」

「帝国も、か……」

つまり、父上が関わっているということだ。シルバーを除《の》け者《もの》にして、一体何を考えているのやら。

「問題は山積みだな。若手貴族は不穏だし、父上は冒険者ギルドと何か計画を進めてる。こうまで情報を遮断しているあたり、本部のお偉いさんが関わってるのは間違いない」

「温泉にて第二近衛騎士隊が護衛していた要人もそれ関連かもしれませんな」

「かもな。冒険者ギルドはモンスター関連でしか動かない。何か大きな動きをするならＳＳ級冒険者を動かそうとするだろうし、帝国内でシルバーに声をかけないというのも不自然だ」

「面倒ごとの予感がしますな」

「いつものことだけどな」

俺はため息を吐《つ》き、椅子に体重を預ける。そろそろこっそり動かないといけないかもな。

4

次の日。俺は前から入っていた依頼を終えて、シルバーとして帝都支部にいた。

「お疲れ様です。シルバーさん。依頼完了です」

「次の依頼はあるか？」

俺は珍しくそう訊《たず》ねた。なぜなら次の依頼を帝都支部が示さなかったからだ。いつもなら依頼が溜《た》まっているはず。

俺が個人依頼じゃなくても依頼を引き受けるからだ。

高ランクだが、ＳＳ級が出るにはオーバーな依頼。それが帝都支部には多い。それを俺は引き受けている。俺を指名しているわけじゃないため、依頼料も高くはならない。

だが、そういう依頼の話が出てこない。

「えっと……今はありません」

いつもの受付嬢であるエマがそう言って、目を逸《そ》らした。なにやら隠し事があるらしい。ほかのギルド職員にしても、俺を避けているようだ。まぁ今に始まったことじゃないんだが、どうもいつもと様子が違う。

「そうか。では、依頼があれば言ってくれ」

そう言って俺はその場を後にする。エマたちを問い詰めても無駄だし、困らせるだけだろう。

きっとセバスが言っていたギルド独自の動きとやらが関わっているはずだ。調べるとするか。

■■■

さらに数日後。俺は冒険者ギルドについて探りを入れていた。

まぁ探りを入れたのはセバスなんだが。その中で掴《つか》んだ情報で気になる人物が帝都にいることを知ったため、俺はシルバーとしてその人物の下に転移していた。

「おお⁉　いきなり現れるな……びっくりするだろ？」

その人物は優雅に紅茶を飲んでいたところで、俺が転移で現れても紅茶をこぼすようなこともせず、自然と近くの剣に手を伸ばしていた。

しかし、俺だと気づくと呆《あき》れたようにため息を吐いた。ため息を吐きたいのはこっちだ。

「いきなり現れてほしくないなら、俺に秘密でコソコソと動くのはやめることだ」

「さすがに耳が早いな。帝国と共同で秘密裏に動いていたはずなんだが？」

「帝都は俺の庭なのでな」

俺は部屋にいた人物、冒険者ギルド本部の副ギルド長のクライド・シャウアーにそう言った。

黒髪に青い瞳を持つナイスミドル。ギルドの上層部の一員であり、もともとはＳ級冒険者でもあった猛者だ。

そんな大物が秘密裏に帝都に入っているというだけでただ事じゃないし、その情報がシルバーに来ないというのもただ事じゃない。

「さて……話してもらおうか？」

「どうせだいたい掴んでるんだろ？　そうじゃなきゃ俺のところに来るわけがない」

「それでも話せ」

俺の追及にクライドは肩をすくめると飲んでいた紅茶を飲み干し、そのまま立ち上がる。

そして部屋の隅へと向かう。そこには大陸の地図が飾られていた。

「皇帝の即位二十五周年が近づいているのは知っているな？」

「ああ、諸外国から賓客を招待するというのも知っている」

「それなら話は早い。諸外国から賓客が来るということは、その安全なルートを確保する必要があるということだ」

そう言ってクライドは持っていた鞘《さや》に入った剣で帝国の国境をぐるりとなぞる。

大陸中央に存在する帝国の国境は長い。

もちろんそこには帝国軍が存在し、強固な防衛線を敷いているわけだが、彼らはあくまで対人が専門だ。モンスターは専門外といえる。

「帝国と協力して帝国国境付近のモンスターを討伐するつもりか？」

「冒険者ギルドは中立の組織だ。一国の行事のために優先的に動くことはない……だが、帝国の全面バックアップでモンスターを討伐できるという環境が魅力的なのも事実だ」

「それで秘密裏に動いていたのか？」

「それもある。だがそれだけじゃない。お前さんが介入した帝国東部の事件を覚えているか？」

「もちろんだ。吸血鬼《ヴァンパイア》の兄弟が暴れた事件だな」

「そうだ。問題なのはあいつらが使ったハーメルンという笛だ。これは極秘事項だが、あれは冒険者ギルドの本部が預かった」

「さすがに帝国には預けてられないか」

モンスターを呼ぶ魔笛。それを利用したのは吸血鬼の兄弟だが、その兄弟と帝国の皇子は繋《つな》がっていた。普通の神経を持つ人間ならそんな凶悪な代物を帝国には預けておけないだろう。

　正しい判断だ。

「そのハーメルンを文献で調査していて発覚したことだが……ハーメルンはモンスターを呼び寄せるだけでなく、活性化させる効果があることもわかった」

「活性化？」

「休眠状態のモンスターも呼び覚ますってことだ。そして休眠状態のモンスターは外部の変化に敏感だ。東部周辺の強力な休眠モンスターが起きたことで、帝国周辺の休眠モンスターたちもどんどん活動期に移行し始めている」

「そんな情報はもらってないが？」

　モンスターというのは効率的な生き物ではない。竜を筆頭にその巨大な体を維持するために、長い休眠という方法をとるモンスターは少なくはない。そしてそういうモンスターはだいたい強力なモンスターだ。

　その休眠モンスターが動き出しているというのに、帝国唯一のＳＳ級冒険者である俺に情報が入っていないのはおかしな話だ。

「意図的に帝国の冒険者には伏せている」

「……その意図は？」

「そう怖い声を出すな。ＳＳ級冒険者ばかりが活躍するのが気に食わん者は多いんだ。帝国の冒険者の質はそこまで高くない。ランクが高いモンスターが出現したとなれば、まず間違いなくお前さんが動く。それを避けたいということだ」

「冒険者ギルド本部の派閥争いか……くだらんな」

「そう言ってくれるな。一人が突出して活躍するのを避けるのは組織として当然だ。ここでお前さんがすべてを討伐してしまったら、シルバーのためにＳＳＳ級冒険者なんてもんを設置する羽目になるかもしれない」

「興味はない」

「知っているさ。そう説明もした。だが、冒険者ギルドの上層部ではシルバーが力をつけすぎて管理できなくなるのを嫌がる者も増えた。ただでさえ、ＳＳ級冒険者は問題児ばかりだからな。比較的おとなしいお前さんまで扱いづらくなったら困るというのは理解できる」

クライドはそう言うと可笑《おか》しそうに笑う。こっちはまったく笑えんが。

ほかの問題児のせいで俺まで問題児の枠で括《くく》られるのは心外だし、手柄を立てれば増長すると思われているのも腹立たしい。なにより。

「冒険者は民を守るためにある。俺を使って早期解決するのがギルドのあるべき姿ではないか？」

「まったくだ。耳が痛いよ。まぁ手を打ってないわけじゃない。お前さんに頼らないかわりに複数のＳ級冒険者および、そのＳ級冒険者が所属するパーティーが帝国に入っている。冒険者ギルドの上層部は新たなＳＳ級冒険者が現れてくれるのを期待しているのさ」

「それで討伐できるなら構わないが、あんたから見て討伐できそうなのか？」

「難しいだろうな。だから帝国の力を借りる。幸い、帝国には勇爵家がいるからな」

「あの女勇者を使うということか……まぁ実力的に問題はないだろうが、彼女が出るほどのモンスターがいるのか？」

「確実なのは一体。今はとある方法で活動を制限しているが……それを施した人物によれば長くは持たんそうだ」

　クライドはそう言うと歩いて椅子まで戻り、新たに紅茶を淹《い》れ始める。

　もう話は終わりといわんばかりの態度だ。

「俺を加えることはできないのか？」

「できるならやってる。お前に依頼が行くことはない。そういう条件で帝国と冒険者ギルドは協力しているからな」

「そうか……じゃあ最後の質問だ。聖剣を使う勇者が必要なほどのモンスター。それを制限できるような人物とは誰のことだ？」

　エルナが必要となるモンスターということは単純にＳ級以上のモンスターだ。

　その動きを制限するというのは非常に難しい。俺でも結界で封じるとなれば相当な労力を持っていかれるし、一日持つかどうかくらいだろう。

　そんな俺の疑問にクライドはしばし悩む。言うべきか迷っているんだろう。

「言わないなら勝手に調べるが？」

「わかったわかった。勝手に動くのはやめろ。お前が勝手をすれば俺が怒られる」

　そう言ってクライドは紅茶を一口飲んだあと、盛大にため息を吐く。

そして意外な国の名を口にした。

「極東にある半島国家。小国でありながら結界に守られ、皇国すら手出しできぬ黒の国。人と獣人が暮らす平和の国・ミヅホ仙国。聞いたことあるか？」

「もちろんだ。この国にいる者なら知っている者は多いだろうな」

「それもそうか。第六妃はその国の出身だからな。じゃあその国には帝国でいう勇爵家のような存在がいることも知っているな？」

「ああ……仙国という名の由来。国を守る強力な結界を生み出し、守り続ける護国の仙家。その家系は滅多《めった》に男子が生まれず、生まれるのは姫ばかり。ゆえに家を継ぐのも女ばかり。だから彼女たちは〝仙姫〟と呼ばれて崇《あが》められている」

「そうだ。その仙姫に帝国と冒険者ギルドで共同して、協力を仰いだ。向こうとしても帝国が混乱すれば、皇国が全力で領土を狙ってくるかもしれないからな。快く応じてくれたよ」

「つまり……この国には勇者と仙姫がいるということか？」

「そういうことだな」

なんてこともないようにクライドは告げるが、帝国の者からすれば頭痛ものだ。

勇者と仙姫は比べられる。最強の矛である勇者と最強の盾である仙姫。

贅沢《ぜいたく》な矛盾に民は話に花を咲かせる。問題なのはそういう話に敏感で負けず嫌いな奴《やつ》が現在、聖剣を持っているという点だ。問題を起こさないでくれればいいが……。

そんなことを思いつつ、俺はその場を後にするのだった。

5

その日。俺は最近の鬱憤を晴らすために城下町に繰り出した。

帝位争いが休戦中のため、勢力拡大とみなされる行為はかなり危険だ。しかし、挨拶程度なら問題はない。

そこらへんを利用して、レオは貴族たちへの挨拶をどんどん予定に組み込んでいる。抜け目なく帝位争いに備えているわけだ。

しかし、裏で大きな動きはできない。せいぜい情報収集程度で、それはセバスがいれば事足りる。アルノルトとしても、シルバーとしても動けない今。俺にできることはない。

だから、知り合いを連れて俺は街に繰り出した。

「俺は依頼があったんだが？」

「どうせ大した依頼じゃないだろ？　付き合え」

「ざけんな！　低級モンスターの討伐は美味《おい》しい仕事なんだぞ!?　お前が来たから受け損なった！」

「その分、飯をおごってるだろうが！　小さいことをグチグチいうな！」

「A級冒険者になるにはギルドからの信用が大切なんだ！　小さい仕事を堅実にこなしてポイント稼いでるんだ！　飯ぐらいでチャラなわけないだろ！」

店に入って飯を食いながら、そう文句を言うのはガイだった。

帝都支部に入ろうとするガイを拉致して、ここまで連れてきた。一人でブラついてもいいが、たまには男友達と遊ぶのも気晴らしになる。

「割に合わん！」

そう言ってガイはさらに料理を注文した。やけ食いだ。これだけで相当なお金だから、十分割に合っているはずだが。

「飯で足りないなら何で埋め合わせればいいんだ？」

「俺は物じゃつられん！」

「そうか。良い剣を買ってやろうと思ってたのに」

「仕方ねぇな！　付き合ってやるよ！」

潔い手のひら返しだ。思わず感心してしまう。

ガイは新たに来た料理をペロリと完食すると、さぁいくぞとばかりに立ち上がった。

「剣は逃げないぞ？」

「馬鹿言うな！　どっかに魔剣が入荷してるかもしれないだろ!?」

「魔剣ねぇ」

魔剣はその名のとおり、魔法が掛かった剣だ。リンフィアが持つ魔剣のように形状が変化する物や、炎や氷といった属性を宿す物など多岐に渡る。

手に入れて使いこなせば大きな戦力アップになることは間違いない。

ガイは今はB級冒険者だが、そろそろA級が見えてきた頃だ。A級冒険者になれば受けられる依頼も広がる。つまり危険も増える。

装備を見直す頃合いではあるだろう。

「俺はあれだな！　強化の魔剣がいいな！」

「一番わかりやすいな」

強化の魔剣は持ち主の身体能力を強化する。単純ゆえに持っただけで強くなるタイプの魔剣だ。たしかにガイが形状変化の魔剣を使いこなす姿を想像できない。

多様な変化を持つ魔剣は、その時に合わせて使う必要がある。リンフィアだから使いこなせるのであって、ガイが持っても剣しか使わないだろう。それでは宝の持ち腐れだ。

「じゃあ探すだけ探してみるか」

「おう！」

意気揚々とガイが店から出ていく。

会計を済ませ、少し遅れて出ると店先にガイの姿はなかった。

「うん？　おーい、ガイ！」

「馬鹿っ！　大きな声を出すな！　こっちに来い！」

店の横。看板の後ろにガイがいた。

こいつはいい歳《とし》してかくれんぼにでも目覚めたのか？

「なにしてんだ？」

「隠れてるんだよ！　見てわかんないのか⁉」

「誰から隠れてるんだよ……」

「俺の癒《いや》しの天使さ……」

壊れたか……。

いきなり奇妙なことをつぶやいたガイをとりあえず一発殴る。

なぜ殴られたのかわからず、ガイは頭に大量の？マークを浮かべていた。

どうやら壊れたわけじゃないらしい。壊れてたら殴れば治るはずだ。

「正常だったか……残念だ」

「お前、馬鹿にしてるだろ？　ってか、お前のせいで貴重な時間が！」

そう言ってガイは看板の端っこから少し離れた店を覗《のぞ》き見る。

外から見たら完全に変質者だ。連行されても文句は言えないだろう。

何をしてるんだか。

「あ〜……今日も綺麗《きれい》だ……」

「女か？」

ガイは普通の男同様に女好きだ。しかし、遠くから女を眺める趣味はなかったはずだ。

なんか様子がおかしい。

とりあえず夢中になっているガイに話しかけても無駄なので、俺も覗き込む。

そこにいたのは。

「うん？　もしかしてお前、マリーを見てるのか？」

「マリー？　お前、もしかして知り合いなのか!?」

「あのメイド服の子だろ？」

「そう！　あの天使のような女性だ！　マリーっていうのか……なんてお似合いな名前なんだあ……」

　正直、心の底から気持ち悪いと思ってしまった。

　顔があまりにもだらしない。

　この顔で近づかれて好感を抱く女性はいないだろう。

「……まさか惚《ほ》れたのか？」

「あー……綺麗だぁ……あの人を見ると一日、いや一週間は頑張れる……」

「安い男だなぁ」

「安くねぇ！　こんな気持ちは初めてなんだ……俺は……あの人に心を奪われてしまったようだ……罪な人だぜ」

　完全に一目《ひとめ》惚《ぼ》れといったところか。遠目から見ているだけで、話しかける勇気はないようだな。まぁガイらしいといえばガイらしいか。

「おい、ガイ」

「なんだ？　今、俺は忙しい」

「紹介してやろうか？　剣はなしだが」

「な、に……？」

驚愕《きょうがく》の表情をガイが浮かべた。そんな驚くことか。

名前を知っているんだから、紹介もできるだろう。俺は一応皇子だぞ。

「剣なしでいいなら」

「なしでいい！　紹介してくれ！　彼女は一体何者なんだ⁉」

「はぁ……レオのメイドだ」

「あいつ……なんて羨ましい……今度ぶん殴ってやる」

不穏なことをつぶやいたあと、ガイが突然俺の手を握ってきた。

そして。

「……引き合わせるだけでいい。あとは俺がやる。だから紹介だけ頼む！」

「まぁいいぞ。俺はそんなに好かれてないからな。二人きりにしてやる」

「本当か⁉」

やれやれ。そんな純粋に喜ばんでもいいだろうに。

今回はどうやら本気で惚れているみたいだな。まぁマリーはレオのメイドとしてだけでなく、勢力の連絡役としても活躍している。

見る目は確かといえるだろう。気に入られるかは知らんが。

「よし、行くぞ」

「ま、待ってくれ！　俺の心の準備が！」

「知るか、早く来い」

そう言って俺はガイを引き連れてマリーの下へ向かった。

「これはアルノルト様。奇遇ですね」

「よう、マリー。買い出しか？」

「そんなところです。アルノルト様はご友人と外出ですか？」

「ああ、こいつはガイ。俺やレオ、エルナとも幼《おさな》馴染《なじみ》だ」

そう俺が紹介すると、マリーがガイに一礼した。

レオの幼馴染となれば敬意を払う対象と思ったんだろう。

「レオナルト様に仕えるメイド、マリー・ヴィルケと申します」

「が、ガイです！　冒険者をやってます！」

そう言ってガイが慌てた様子で挨拶する。顔が真っ赤だ。

先が思いやられるな。

ガイには申し訳ないが、正直、無理だろうなというのが俺の心情だ。

マリーは常に無表情で、氷みたいなところがある。

これに対抗するには相当な熱量で臨むか、もしくはマリーに好ましく思われるかくらいしかない。しかし、マリーが好ましく感じているのはレオだ。

ガイはどちらかといえば俺よりだ。いい加減で適当。世間が思う冒険者という感じの男だ。

そこらへんを考えるとおそらく無理だ。今回は俺がセッティングしたが、次はないだろう。

唯一チャンスがあるとすれば、ガイが子供たちの面倒を見ているということだ。

マリーが子供好きかは知らんが、そこに食いついてくれればチャンスがある。

デートには誘えなくても、見学くらいには誘えるかもしれない。

あくまでマリーにその気があれば、だが。現状、マリーは仕事が恋人な人間だ。仕事に生きがいを感じている。そんなマリーが男に興味を抱くのかどうか。疑問ではある。

まぁ自分でなんとかすると言ったんだ。なんとかしてもらおう。

「マリー、少しいいか？」

「なんでしょうか？」

俺はガイから少し離れたところにマリーを呼ぶ。

マリーは怪訝《けげん》そうな表情を浮かべている。悪だくみとでも思ったか。間違ってはいないが。

「実はガイはリタの師匠なんだ。何も伝えてはいないがな」

「あの騎士候補生の？　なるほど。クリスタ殿下の命の恩人というわけですね」

「そういうことだ。お礼に剣を買ってやろうと思ったが、用事ができた。代わりに買ってやってくれないか？」

「ご命令とあらば従います」

「じゃあ、そういうことで。愛想よくしてやってくれ」

俺は金の入った袋をマリーに渡すと、ガイのほうへ向かう。

ガイはいまだに赤面したままだ。

「これから二人で剣を買いにいけ。金はマリーに渡してある。選んでもらうといい」

「剣まで……お前は神か……!?」

「そうだ。せいぜい崇《あが》めろ」

そう言って俺は二人から離れて、帝都の散策へと予定を切り替えたのだった。

6

ガイと別れて、一人で帝都を散策していると、思いがけない出会いがあった。とても思いがけず、しかし好都合な出会いだ。

「思わぬ収穫があったな」

「チュピー!!」

そう言って俺は両手でがっしりといつぞやの黒いペンギンを捕まえた。

まさか帝都で見つけられるとはな。ノコノコ歩いていたのが運の尽きだ。

「さーて、ペンギンって美味《うま》いのか？」

「チュピー!?!?」

命の危機だと判断したのか、やや肥満体型の体を一生懸命揺らすが、その程度では俺の手から逃れられない。

このまま料理屋に持っていって、さばいてもらうとするか。

残酷だという奴《やつ》もいるだろう。だが、俺はこいつのせいで勇者に殺されかけた。そのほうがよっぽど残酷といえるだろう。いうならこいつは殺人未遂を犯している。十分にモンスター認定ができる所業だ。

そんなことを思いながら俺はどこの料理屋に持ち込むべきか思案し始める。拒否することなく、美味《うま》くさばいてくれる料理屋となると限られてくる。なにせペンギンだからな。

「うーん、やっぱり城に持ち帰るのがベストか？」

城付きのシェフに持っていくのが一番丸い気がする。

なんて思っていると。

「あ――!!　何をしておる!?　妾《わらわ》のエンタに！」

後ろから大きな声が聞こえてきた。振り向くとそこには黒いフードを深く被《かぶ》った小柄な少女がいた。仁王立ちして、俺に指を突きつける姿は非常に偉そうだ。

「どこで料理するか考えているところだが？」

「なにぃ!?　そんな愛くるしい姿の動物を食べるつもりか!?」

「愛くるしい……？」

俺は少女の言葉を受けて改めて手に持っているペンギンを見る。

「チュ、チュピー……」

なんだか愛玩動物的な視線を俺に向けてくるが、ぽっこり出たお腹《なか》が可愛《かわい》さを半減させているし、そもそも顔つき的にそこまで可愛くない。何歩譲っても愛くるしいという言葉は出てこないな。

「まったく愛くるしくないが？」

「なんと!?　この可愛さがわからんと申すのか!?　うーむ、帝国の者は美的感覚に問題があるのではないか？」

いきなり帝国人を全否定とは不遜な子だな。どんだけ上からなんだか。

まぁ正直なのは嫌いじゃない。とはいえ、それとペンギンを解放するかは別の問題だ。

「美的感覚は人それぞれだからな。ところでこれはお前のか？」

「物扱いするな！　エンタは妾の友人だ！」

「チュピー！」

少女が心外だとばかりに叫び、ペンギンもそれに乗じて鳴き声をあげる。

しかし、そんなのは俺には関係ない。

「そうか、友人の選び方を間違えたな」

「ああっ!?　こら！　エンタを連れて行くな！」

「チュピー!!」

「うるさい！　俺はこいつに殺されかけたんだぞ!?　煮て焼くくらいじゃないと気が収まらん！」

「殺されかけた……？　エンタに殺されかけるとか貧弱だな、そなた」

えー、うそーと言わんばかりの声色で少女は俺を馬鹿にしてくる。イラッときた俺は無言でペンギンを連れて行こうとするが、少女が俺の腕を摑《つか》んで引き留める。

「だから連れていくでない！　これは拉致だ！」

「モンスターを討伐するだけだ」

「モンスターだと⁉　なんたる侮辱！　エンタは燕《つばめ》だ！」

「……ん？」

「む？」

　俺は少女の聞き捨てならない台詞《せりふ》に思わず固まる。

　それを受けて少女も動きを止めた。しばし無言が続き、俺はようやく一言つぶやいた。

「燕……？」

「なんだ？　気づいていなかったのか？　エンタはどこからどう見ても燕であろう？」

「いやいやどこからどう見てもペンギンだろ？」

「違う！　エンタは燕だ！」

「どう見てもペンギンだろ⁉　こいつが飛べると思ってるのか⁉」

「エンタは太りすぎて飛べなくなった燕だ！　昔はスリムだった！」

「無理があるだろ⁉」

　スリムとか太っているとかの問題ではない。燕はペンギンのような歩き方はしない。少なくとも俺の知っている燕はそんな奇怪な行動に出ることはない。

　だが少女は決してそれを認めない。

「ええい！　妾が燕と言うからには燕なのだ！　妾が一番、エンタのことを知っているのだ！」

「チュピー！」

「はぁ……そうか。それならそれでいい」

「おお!?　わかってくれたか！」

「ああ、わかった。飛べない燕は燕の恥だ。食ってやるのが燕のためだろう」

「なにぃ!?」

　驚愕して少女は思わず俺の腕を放す。その隙に俺はダッシュで城へ向かおうとするが、少し走ったところで何もないのに壁にぶつかったようにして転んでしまう。

　結界、しかも高速で強固。あらかじめ張ってあったなら俺が気づくはずだ。今張ったのだ。

「痛っっ!!　鼻がぁ……」

「ふふん！　悪者には天誅《てんちゅう》が下るということだ！　エンタは返してもらうぞ！」

「チュピー!!」

　俺の腕から逃れたペンギン、エンタは少女の下に駆け寄っていて、少女に抱きかかえられる。

　いかん、ここで逃がしたら前回の惨事が今度は帝都で起きかねん。

　次にあんな悪戯《いたずら》をされたら俺の命がない。あのペンギンは食べないまでもここで捕獲しておかねば。

「ふっ……いいだろう。取引だ」

「取引だと？」

「……それよりも可愛い動物をくれてやる。喋《しゃべ》るし、めっちゃ強い子熊だ」

まぁ本当の熊ではないが、見た目は熊だし問題ないだろう。

一度、あいつを引き渡し、その後に逃げ出しても俺の責任にはならん。

「しゃ、喋る熊だと⁉　なんと珍妙な！　か、可愛いのか⁉」

「子供に大人気だ」

「なんと⁉　い、いやいや！　妾のエンタへの愛情はそのようなもので揺るがぬ！」

「あー、そうか。じゃあ別の奴に渡しちゃおうかなー」

「ああ……そ、その……そ、そなたがどうしてもというなら一日だけであれば交換してやらんこともないぞ！　でも食べるのはなしだ！」

なぜか上から目線で少女は告げてきた。俺はため息を吐《つ》いて、仕方ないといった様子で少女に近づく。そして交渉成立とばかりにエンタに手を伸ばしたのだが。

「痛っ⁉　このペンギン、噛《か》んだな⁉」

「チュピー‼」

「え、エンタ……そこまで嫌なのか……許せ、そなたの思いを妾はわかっていなかった。ということで、今のはなしだ！」

そう言って少女はエンタを連れて走り去っていく。

しかし、ある程度の距離まで行くと何か思い出したのか、こちらを振り返る。

「そうだ！　顔は記憶したぞ！　妾の友人を食べようとした鬼め！　この借りは何倍にもして

返してくれようぞ！　覚えておくがよい！」

　少女は現れたときと同様に胸を張り、偉そうに指を突きつけて宣言する。

　それに対して、俺は噛まれた手を痛そうに振りながら返す。

「宣戦布告は結構だが、俺がどこに住んでるのか知ってるのか？」

「む？　それもそうだ。名を名乗れ！　いずれ仕返しに行く！」

　仕返しに行くと宣言している奴に名を名乗る奴がいると思っているんだろうか。まぁペンギンを燕と勘違いしている奴だし、純粋なんだろう。天真爛漫《てんしんらんまん》といった表現が似合いそうな性格だしな。

「名乗るほどの名はない。ただ住んでる場所は教えてやる」

「ほう？　妾に正直に教えるとはいい心がけだ！　これも妾の日頃の行いがいいからだな！」

「なぜお前の日頃の行いにつながる……まぁいい。俺が住んでいるのはあそこだ」

　そう言って俺は離れたところに見える城を指さす。

　それを見て少女は驚いたように上体をそらすが、構わず俺は告げる。

「来れるもんなら来てみろ」

「その挑戦、受けた！　後悔するでないぞ！」

　そう言って少女は走り去る。それを見送り、俺はため息を吐きながら小さくつぶやく。

「後を追って居場所を特定しろ。ほぼ間違いなくあれが仙姫だ。関わっておけば、いろいろと都合がいい」

「はっ」

そう言って俺はセバスに指示を出すと、ゆっくりと城への帰路につく。

まったく奇妙な縁もあるもんだ。しかし好都合でもある。ただし。

「エルナには会わせないようにしないとだな」

それだけを心に刻み、俺は城に戻ったのだった。

7

「申し訳ありません。見失いました」

「そうか……」

セバスの報告を受けて、俺は内心舌を巻いていた。セバスの追跡を掻《か》い潜《くぐ》れる者がいるとは正直思えない。追跡を断念せざるをえない何かがあったんだろう。

「結界で近寄れなかったか？」

「いえ、途中までは近寄れましたがある時を境に方向感覚を失い、周りが迷路のように見えてきました。深追いは禁物と判断し、その場で撤退いたしました」

「いい判断だ。迷宮に迷い込んだようなもんだからな。進めば進むほど相手の思《おも》う壺《つぼ》だ」

「私の力不足です。しかし……噂《うわさ》以上ですな。仙姫というのは。手も足も出ないのは久しぶりです」

セバスが深く頭を下げてからそんなことを言った。セバスが完全に敗北宣言して、相手を褒めるのは本当に珍しい。相手が強かろうが、上手かろうがあの手この手でどうにかするのがセバスだからだ。

「さすがは最硬の盾ってところか。ただ単純に硬い結界を張れるってわけじゃないみたいだな。守りに関しては変幻自在。勇爵家と比べられるだけはある」

「はい。厄介ではありますが……これで確定しましたな」

「そうだな。間違いなく仙姫だ」

人物として特定はできた。あのペンギンがあの子のペットというなら、第二近衛《このえ》騎士隊が温泉で守っていたのは彼女ということになる。

「しかし、父上も裏でいろいろとやっていたみたいだな。冒険者ギルドを巻き込んで極東の仙姫を呼び寄せるなんて、離れ業にもほどがある」

「さすがは皇帝陛下というべきでしょうな」

「とはいえ、シルバーに任せてくれたほうが楽だった」

余計なことはせず、シルバーにすべてを任せてくれれば面倒なことにはならなかった。

まぁ今回の主導はきっと冒険者ギルドのほうだろうから、協力関係を築くときにシルバーは使わないという取り決めがされたんだろうけど。

いくら帝国が強大な国といっても、モンスターに関しては冒険者ギルドが専門だ。ハーメルンの影響でモンスターが活性化しているなんてことは、ギルド経由じゃなきゃこんな早くには気づけない。

「ギルド本部にも色々とあるのでしょうな」

「シルバーが活躍しすぎたら増長するなんて暴論もいいところだ。きっと裏で動いた奴《やつ》がいる」

「そこまで考える必要はないのでは？　たとえ裏に誰がいようと今回の一件はこちらに有利に働きます。もしもギルドと帝国の計画どおり、エルナ様とＳ級冒険者たちだけで片が付くならそれはそれで力を温存できますし、失敗しても後始末に頼られるのはシルバーです」

　そうだ。帝国の狙いは式典前に安全なルートを確保すること。ギルドの狙いは活動期に入ったモンスターの討伐と新たなＳＳ級の発掘。集められたＳ級が失敗に終わればシルバーに依頼が転がり込んでくる。

　被害が増えれば叩《たた》かれるのは使える者を使わなかったギルド本部の上層部だ。クライドあたりはそこを狙っているのかもしれない。だが何事も上手《うま》くいくとは限らない。

「シルバーが功績を立てることを嫌がる者なんてごく少数だ。Ｓ級からすれば昇進チャンスを奪われると感じるかもしれないが、ＳＳ級の席数は決まってない。そこまで嫌がる理由もない。どちらかといえば下よりは上か横だろうさ」

「ギルドの上層部が扱いづらくなることを嫌がったというのがクライド殿の話ですが、横となると対等の立場にいる方々ということになりますな」

「……問題児どもが上層部に働きかけたのかもな。この短期間でＳ級クラスのモンスターを立て続けに討伐してれば、ＳＳ級に繰り上げというのは現実味を帯びてくる。ＳＳ級の奴らからすれば面白くはないだろうさ」

　くだらない。だが、そのくだらないことに拘《こだわ》る奴らがSS級の問題児どもだ。

「あいつらが関わってくると面倒なことになる……どいつもこいつも曲者《くせもの》だ」

「まるでご自分は違うといわんばかりの言い方ですな」

「何言ってるんだ。俺〝だけ〟はまともだ」

「残念なことにおそらくほかの四人もそう考えているでしょうな」

「盛大な勘違いだな」

　社会不適合者の極みみたいな奴らがまともだなんて、勘違いも甚だしい。

　俺が鼻で笑うとなぜかセバスは小さくため息を吐くのだった。

■■■

　次の日。俺は突然母上に呼び出された。なぜか一人でという条件付きで。

　なんだ？　と思いつつ、俺は言われた通りに一人で母上の下へ向かった。

「失礼しまーす」

　そう言って、いつもどおりの調子で俺は母上の部屋の扉を開けて入る。

　だが、いつもと違うことがあった。

「がっ⁉」

なぜか扉のすぐ前にロープが張られていたのだ。

避《よ》けるような運動神経を持ち合わせていない俺は盛大に引っかかって転ぶこととなった。

そして昨日に引き続き、俺は鼻を盛大に打ち付けることになった。

そんな俺の耳に聞き覚えのある声と鳴き声が飛んできた。

「よしっ！　よくやったぞ！　エンタ！」

「チュピー!!」

見ればロープの右側でエンタと昨日の少女がロープを摑《つか》んでいた。少女は昨日と同様にフードを被《かぶ》ったままだ。

鼻を押さえながらそちらを睨《にら》むと、偉そうな態度で少女が告げる。

「ふふん！　どうだ！　見たか！」

「チュピー！」

飼い主に似たのだろうか。

ペンギンもこちらにドヤ顔を向けてくる。

さすがにイラッとしたので、俺は無言で立ち上がるとペンギンを抱えて窓まで持っていく。

「わ――!?!?　何をする気だぁ!?」

「安心しろ。燕《つばめ》なら命の危機に陥れば飛び方を思い出すはずだ」

「チュ、チュピー!?」

「や、やめろー!!　そんな惨《むご》い仕打ちはよすのだ！　エンタは飛べない燕なのだ！」

「だから今から大空の感覚を取り戻させてやる！　放せ！」

俺はエンタを投げようと振りかぶり、少女は俺の腕を摑んで必死に制止する。

なんとか少女を振り払い、窓からエンタを投げようとするが、少女はその度に俺にしがみついてくる。

「やめよー！　エンタを放すのだ！」

「うるさい！　今からこいつがペンギンだってことを見せつけてやるからよく見ておけ！」

「チュピー!?!?」

「エンタは燕だ！　飛べないだけの燕なのだ！」

「飛べない燕なんて燕じゃないっ！」

「やめろぉぉぉ!!!!　そなたには動物を愛する心はないのか!?」

「こんな性悪動物愛せるかっ！」

そんな攻防の果てに俺たちは疲れて、はぁはぁと荒い息を吐いて睨み合う形になっていた。

完全に膠着《こうちゃく》状態。

そんな戦局で第三者がようやく口を開いた。

「お茶が入ったわよ」

「おお！　ご苦労、ミツバ。だが妾《わらわ》はそなたの意地悪な息子から友人を取り返さねばならん。お茶は後でいただく。あ、甘いお菓子も頼むぞ！」

「了解しました。アル、あまり猊下《げいか》をイジメてはいけないわよ」

「イジメてなんていません。お仕置きをしているんです」

「なお悪いわ！　おのれ、許せん！」

そう言って少女は俺の腕にしがみつき、エンタを強引に奪い返す。

そして俺の反撃が来ないうちに母上の後ろに隠れた。

「ふふん！　どうだ！　参ったか!?」

「なにをどう参ればいいんだ？」

「わかっておらぬようだな。では説明してやろう！　妾こそ極東の国、ミヅホにその人ありと謳《うた》われた絶世の美姫！　仙姫、オリヒメ・クオンであーる!!」

そう言って少女はフードを脱いで、その素顔を露《あら》わにした。

長い黒髪に金色の瞳。まるで人形のような美しい少女の顔がそこにはあった。しかしきっと彼女のような人形を作れる人形師はいないだろう。それくらい少女の顔には生気が漲《みなぎ》っていた。自信満々ではちきれんばかりの笑顔。まさしく天真爛漫だ。

そんな彼女の頭には小さめの狐《きつね》耳がついていた。見れば後ろには尻尾もある。

仙姫の一族は〝仙狐《せんこ》族〟と呼ばれる獣人である。身体能力に優れるかわりに魔力に乏しい獣人の中では例外的に魔力が高く、その力を使って仙国を守ってきた由緒正しき超名門。格という話であれば勇爵家と同等。他国では王族に匹敵する扱いを受ける。

そんな仙姫であると明かしたからには、俺が驚くと思っていたんだろう。

オリヒメはこちらの反応をそわそわとうかがっている。だが俺はそれに対して淡泊に返した。

「ああ、知ってる」

「ん？　あれ……？　おかしいな……妾は仙姫であーる！」

「だから知っている」

「……い、いつから気づいておった!?」

「昨日、結界を使ったときからだな」

「な、なんと!?　そうか……知っておったのか……」

しょぼーんといった様子でオリヒメは肩を落とし、ついでに耳を垂れさせてトボトボと椅子に座る。そんなオリヒメに対して、母上が慣れた手つきでお茶を出す。

「驚き、慌てる様を見てやろうと思っておったのに……ミツバ！　面白くないぞ。妾は！」

「この子は昔からこういう子ですから」

「そうは言っても……皇族ならばちょっとくらい派手に驚いてもよいだろうに……少しは空気を読めというのだ。それがまなーというものではないか？」

「そんなマナーは知らん」

そう言って俺も椅子に座り、母上からお茶をもらう。

こいつと遊んでいたせいでのどが渇いて仕方ない。

まったく、仙姫ならもうちょっとおしとやかにできないんだろうか。

そう考え、対比される勇爵家のお嬢様がおしとやかじゃないことに気づき、無理な相談なのだと納得してしまった。

「アル、改めて紹介するわね。私の故郷であるミヅホ仙国の仙姫。オリヒメ・クオン猊下よ」

「うむ！　妾はそなたの母親の故郷では偉い！　つまりどういうことかわかるか？」

「まったくわからん」

「そなたより妾のほうが偉いということだ！　妾は仙姫だからな！」

「……」

どう返すべきか迷い、母上のほうを見たが母上は気にしていない様子だった。たぶん気にしたり、常識的な返しをするだけ無駄なんだろう。

今ので確信した。こいつは傍若無人な暴君に近い。もっと単純にいえば我儘《わがまま》なのだ。

「猊下。こちらが私の長男、アルノルトです。猊下がお探しなのはアルで間違いありませんでしたか？」

「うむ！　間違いない！」

「一応聞いておきますが、どういう伝えられ方をしたんです？」

「城に住んでいる黒い髪の意地悪な男って言われたわ。黒髪で意地悪なのはあなたでしょうと思って呼んだの」

「心外な……」

「意地悪ではないか！　さんざんエンタと妾をイジメおって！　この意地悪皇子め！　妾が仕返しすると言ったのは覚えておるだろうな!?　わー!?　袖が!!」

オリヒメは飲んでいたお茶を机に叩きつけ、俺を指さす。

しかし叩きつけた衝撃でお茶がこぼれ、袖が濡《ぬ》れてしまう。

それに大げさに悲鳴をあげ、母上に拭いてもらったあと、再度仕切りなおして俺を指さす。

「——妾はそなたに仕返しをする！」

「ほう？　何をするんだ？」

「聞いて驚け！　そして喜びに咽《むせ》び泣《な》くがよい！　アルノルト！　そなたを妾の接待役に任じる！」

爆弾発言といえば爆弾発言だが、べつに俺は驚かなかった。

それくらい言いそうだなと妙に納得してしまったからだ。

しかし接待役か……。

「王族待遇だから実質的には皇族のほうが偉いはずなんだがなぁ」

「妾は賓客だ！　皇族が接待をするのは当然である！　妾を存分に楽しませるがよい！」

そう言ってオリヒメは尻尾を揺らしながらそう告げたのだった。

8

「さぁ！　妾を楽しませるがよい！」

そう言ってオリヒメはソファーに座って、ウキウキワクワクといった様子で足をばたつかせ、耳を何度も動かした。

今、俺とオリヒメがいるのは後宮の外れにある別館。そこは近衛《このえ》第二騎士隊が警護しており、オリヒメの当面の家となっていた。

とはいえ、そうなったのは今日かららしく、昨日までは別の場所にいたらしい。

第二騎士隊の目を掻《か》い潜《くぐ》り、エンタと共に散歩に出たことで、こちらへ移されたそうだ。当然すぎる判断だ。

オリヒメは賓客ではあるが、表立った賓客ではない。正体がバレれば少なくない混乱を生んでしまう。俺は仙姫がいることを知っていたからよかったが、ほかの者なら大混乱だろう。

「まだ俺が接待役になると決まったわけじゃないんだが？」

「妾が望んでおるのだ。それで十分であろう？」

「残念ながらここは帝国なんでな」

オリヒメの国ならそれで済むかもしれないが、ここでは皇帝の意思が尊重される。

流れでここまで来たが、すでに第二騎士隊隊長が宰相の下へ向かっている。俺がそう伝えたからだ。

さすがに父上を呼び出すわけにはいかないしな。きっと状況を聞けば宰相も来てくれるだろう。それまで俺は接待役ではない。

「そうか……つまらぬなぁ」

そう言ってオリヒメはしょぼーんとした様子で肩を落とす。それに合わせて耳もペタリと垂れた。わかりやすい奴《やつ》だ。

「アルノルトは妾たちを楽しませる気はないようだぞ。エンタ」

「チュピー……」

エンタはオリヒメの膝の上で小さく鳴くとゆっくりと目を閉じていく。

どうやら眠くなってきたらしい。オリヒメもそれを察してか、ゆっくりとあやすようにエンタを撫《な》でていく。

しばらくするとエンタはオリヒメの膝の上で丸くなり、静かに寝息を立てていた。

「暢気《のんき》なペンギンだな」

「燕だ。何度も言わせるでない……」

そう反応しながら、オリヒメは小さく欠伸《あくび》をする。眠っていくエンタにつられて、オリヒメも眠くなってきたらしい。

何度か頑張って目を開けようとしているが、すぐに目がしょぼしょぼとしていく。そして。

「うーむ……アルノルト。こっちに来るがよい」

「なんだ？　話し相手か？」

「そんなところだ」

オリヒメは自分の隣を軽く叩《たた》き、俺を招く。

寝るなら寝るで別にいいんだが、あまり無下には扱えないしな。

話し相手くらいはしてやるかと俺はオリヒメの隣に腰かける。

さて、どんな話をするべきか。そんなことを思っていると足に何かが乗っかった。

「……おい」

「うむ、悪くない寝心地だ。妾の枕としては及第点といったところだな」

気づけばオリヒメはソファーで横になり、俺の足を枕代わりにしていた。

こいつ、どこまでもやりたい放題だな。一応、俺は皇子なんだが。

「あのな……外交儀礼って知ってるか？」

「儀礼が重んじられる場では重んじる。だが妾は非公式な存在。どのように振る舞おうと問題はあるまい。ふむ、視界に入るのがそなたの腑抜《ふぬ》け顔なのがちと難点だが、なかなかどうして悪くない」

しっくりくる位置を探していたオリヒメだが、仰向《あおむ》けでいい位置を見つけたのか満足そうに笑う。本当に犬か猫並みの気ままさだな。しかも言っていることがまともなのも腹が立つ。

たしかに非公式の存在であるオリヒメが勝手に振る舞おうと問題にはならない。非公式だからだ。

もちろん皇帝に無礼を働くのは別だろうが、俺程度には我儘を通しても問題にはならない。なにせ帝国がお願いしてきてもらっているのだから。

おそらく宰相も俺に接待役を引き受けろというだろう。ここでオリヒメの機嫌を損ねるわけにはいかないからだ。

冒険者ギルドとの合同で計画が進んでいくわけだが、モンスターの動きは予想しづらい。万が一のときにオリヒメがいれば最高の結界を張ってくれる。これほど頼りになる人材もいないだろう。

「はぁ……自分の国でもこんなことをしてるのか？」

「そんなわけなかろう。ミヅホには妾に気安い者などおらん。親しい者はおれど、気安くはできんのだ。妾は仙姫だからな」

　そう言ってオリヒメは寂しげな表情を浮かべる。

　そしてオリヒメの体の上で丸くなっているエンタに視線を移す。

「友と呼べるのはエンタのみだ。ミヅホでは仙姫は別格なのだ……帝国と勇爵家の関係とは違う。帝国にとって勇爵家は切り札であっても、頼り切る存在ではない。だがミヅホは違う。強大な皇国に対してミヅホは小さい。対抗するには仙姫の結界が必要不可欠。ミヅホは仙姫に依存せねば成り立たぬのだ」

「そんな大事な仙姫様がどうして帝国に来たんだ？　さすがにリスキーだと思うが？」

「妾に何かあれば仙狐族の別の者が仙姫を継ぐ。妾たち仙狐族は例外なく強力な結界使いだからな。保険があるからこその妾の派遣だ。とはいえ、今回のは妾が望んだものでもある」

「自分で望んだのか？」

「外の世界を見てみたかったのだ。違う国の人にも触れてみたかった。それにはまたとない機会だったのだ。噂《うわさ》に聞く帝都を見てみたかった。まぁ……あまりよくは見られなかったが」

　だから抜け出したのか。しかし、そんなときにエンタとはぐれ、捜索に時間を割く羽目になったってところか。間抜けといえば間抜けだが、可哀想《かわいそう》でもある。

　孤独ではないにしろ、孤高ではあるんだろう。

「……寂しいのか？」

　その言葉は気づいたら口から出ていた。オリヒメはその言葉を聞き、少し驚いたような表情を浮かべたあと、照れたようにはにかみながら答える。

「うむ、妾《わらわ》は寂しい」

「そうか……」

「だから、そなたといる時間は悪くないものだ。そなたは妾に気安いからな。妾が仙姫と気づきながら、どうして態度を改めぬ？」

「俺は自分がやられて嫌なことはしない」

　幼い頃、身分の違いを気にせず遊んでいた平民の友たちは気づけばどんどん俺から離れていった。悲しかった。切なかった。

　だが、それでも態度を改めなかったガイの存在はありがたいものだった。

　その経験があるから、よほどのことがない限りは俺は相手の身分で態度を改めない。もちろん必要ならするけれど。

「そうか……では妾への態度も改めてくれるな。外に出れぬならせめて気安い者と喋《しゃべ》っていたい」

「それで俺を接待役にしたのか？」

「接待役に任じたのは勢いだ」

「勢いかよ……」

「うむ、勢いだ。ふわぁ……妾は眠くなってきた。アルノルト。撫《な》でるがよい」

そう言ってオリヒメは目を瞑《つぶ》り、首をかすかに持ち上げてそう言ってきた。

撫でろって……子供じゃあるまいし。オリヒメは言動こそ子供っぽいが、見た目的には十五、六くらいだ。そんな女の子を撫でるってのはちょっと。

俺が躊躇《ちゅうちょ》していると、オリヒメは片目を開けて不満そうな表情を浮かべたあと、耳を寝かして落ち込んだ表情へと切り替わる。

それを見て罪悪感を刺激された俺は手を動かす。それを見てオリヒメは期待したようにソワソワした様子を見せた。

尻尾は揺れているし、耳も立っている。

期待されても困るんだが……。

「はぁ……」

ため息を吐《つ》きながら俺はそっとオリヒメの頭を撫でる。

するとピクピクと耳を動かし、オリヒメは満足そうな笑みを浮かべた。

「うむ！　悪くないぞ！　続けるがよい！」

「続けろって……まさかここで本当に寝る気か？」

「もちろんだ。さぁ、撫でるのだ！」

そう言ってオリヒメは尻尾を揺らす。

仕方なくそのまま撫で続けているとオリヒメは気分よさそうに笑みを浮かべ、そして次第に目を閉じていき、静かな寝息を立てるようになった。

「本当に寝やがった……」

完全に眠ったのを確認し、俺は撫でる手を止める。するとオリヒメは寝ながら不満そうに眉を顰《ひそ》める。本当は起きてるんじゃないか……。

諦めて俺はそのままオリヒメの頭を撫で続けた。

そんなことをしていると、部屋に宰相のフランツが静かに入ってきた。

こちらの状況を察したのか、フランツは俺に近づいて小声で話しかける。

「殿下、申し訳ありません」

「謝罪はいい。こいつの気まぐれだからな」

「そう言っていただけると助かります。猊下《げいか》も殿下を気に入ってるようですし、要望どおりにしていただけないでしょうか？」

「接待役か……」

どう考えても疲れるし、距離が近すぎる。接点を持っておけば都合がいいとは思ったが、接待役ともなれば一番距離が近くなる。これからの展開次第じゃ面倒なことにもなるが……。

寂しいと素直に告げたオリヒメの顔がよぎる。

きっと接待役を断ればさきほどのような表情を浮かべるんだろう。それは好みじゃない。

「まぁ仙姫が望んでるんだ。叶《かな》えてやったほうがいいだろうな」

「ありがとうございます。しかし、どこで猊下と接点が？」

「昨日、このペンギン繋《つな》がりでちょっとな。よかったな。接触したのが俺で」

「そのことについてですが……事前に仙姫がいることを知っておられたのはなぜです？」

昨日の説明はすでに第二騎士隊隊長にはしてある。

あらかじめ俺が仙姫がいることを知っていたことも当然、伝えてある。

フランツからすればそこは気になるところだろう。もちろん、あえて伝えた。

「シルバーから聞いた」

「シルバーが……？　どうして殿下に？」

「芝居はよせ。俺やレオにシルバーが加担しているのは知っているはずだ。とはいえ、よくわからん男であることは間違いない。手を貸してくれるときもあれば手を貸してくれないときもある。ＳＳ級冒険者だからこそ、上手《うま》く立ち回っているんだろうけどな」

フランツも独自の情報網を持っている。そこから俺たちにシルバーがついていることは知っているだろう。

とはいえ、公然と味方についているわけじゃない。あくまで協力するときもある程度。

帝位争いにＳＳ級冒険者が首を突っ込むのは危険だが、協力程度なら見逃される。

「たしかにおっしゃる通り、気づいてはいました。しかし、あの男は積極的に協力するようなタイプではないはずですが？」

「今回は別みたいだな。情報を流すのが早かった。よほど自分が外されていることが頭に来たんじゃないか」

「……ギルドとの約束ですから」

「そうだろうな。けど、シルバーからすれば面白いわけがない。帝国をモンスターから守ってきたのはシルバーだ。帝国は幾度もシルバーに借りがある。信頼関係がこじれるようなことはやめたほうがいいと思うが？」

「……帝国は広いのです。シルバーだけに頼る状況は早めに脱却しなければいけません」

フランツの言うことはわかる。ギルドが冒険者に強制力を行使することは少ない。あくまで要請がほとんどだ。だから人気のない場所に冒険者は集まらない。そしてここしばらく、人気のない場所は帝国だった。

安定し、モンスターもあまり現れない平和な場所だったからだ。

しかし、最近になってその状況も変わってきた。帝国としてはこの問題のあとにS級の誰かが帝国に拠点を構えるのを願っているんだろう。

シルバーがいくら強かろうと一人では帝国全土をカバーしきれない。

「考えはわかった。父上も同じ意見なんだな？」

「はい。ですので、パイプをつないでおいていただけると助かります」

「残念ながら向こうからの一方通行だ。ただ……シルバーはレオを気に入ってる……ような気がする。機嫌を取るならレオを使うことだな」

「そうならないことを願いますが……万が一、シルバーに頼るときはレオナルト殿下にお願いすることにしましょう」

そう言ってフランツはそのあと、いくつか話してその場をあとにした。これで万が一の場合、シルバーが動くラインはできた。レオの手柄にもなるし、最悪の場合に対する備えができたわけだが。

問題は俺がオリヒメの接待役になったことか。本人はいたって気持ちよさそうに眠っている。

「悩みがなさそうな寝顔しやがって」

イラッとしてデコピンするとムッと眉がよる。それを見て、少し憂さが晴れた。

その後、俺はオリヒメが起きるまで頭を撫で続けたのだった。

9

「ゆけ！　エンタ！」

「チュピー！」

そうテンション高めでオリヒメが小さな球を投げて、エンタに取って来させる。

ペンギンのくせにやたら賢いエンタは器用に球を拾うと、オリヒメのところまで持っていく。

それに対してオリヒメは大はしゃぎだ。

「おお！　いい子だ！　エンタ！　すごいぞ！　偉いぞ！」

「チュピー!!」

正直やかましい。

まぁやかましいのは今に始まったことじゃないし、いいんだが問題なのは。

「聞きたいことがある」

「ん？　なんだ？」

「なんだ？　ではなくて、なぜ俺の部屋にいる？」

「そなたがいるからだが？」

なにを当たり前のことをといった様子でオリヒメが答える。

しかし、それはまったく当たり前じゃない。

「お前の部屋はここじゃないだろうが!?　自分が非公式の存在だっていう自覚がないのか!?」

「なんだ、そんなことか。安心せよ。ちゃんと許可は取ってある」

「誰の許可だよ……」

「宰相のだ。いつも同じ部屋では飽きるから、アルノルトの部屋に行かせよと頼んだのだ」

「許可を出したのかよ……」

「無論、無条件ではない。妾が部屋の周りに結界を張ることが条件だ。ちゃんと人避《よ》けの結界と扉の前には強固な防御結界を張った。皆、人避けの結界でなんとなくこの部屋には近寄らないし、万が一近寄っても結界で扉があけられぬ。ゆえに大丈夫だ！」

「何一つ大丈夫じゃないんだが……皇子の部屋が結界で閉ざされてるってことに気づかれたら大騒ぎだぞ……」

「すぐには開かぬから、その間に妾は結界を足場にして窓から撤退する。完璧だな！」

「騒ぎはどうするんだ？」

「知らぬ。自分でなんとかせよ」

言い切りやがった……。

よくもまぁここまで自由奔放に振る舞えるな。恐れ入る。

「はぁ……」

「妾と一緒にいるのにため息など吐くな。妾といるのがつまらんようではないか」

「つまらないんじゃなくて、疲れるんだ……」

「それは仕方ないことだな。なにせそなたは妾の接待役なのだから！」

そう言ってオリヒメはなぜかドヤ顔を浮かべた。

疲れさせるほど面倒だと言ったつもりだったんだが……。

オリヒメはとにかく自由だ。遊びたければ遊ぶし、眠たければ寝る。思いついたことはすぐに実行するし、それで俺が怒るとすぐにしょぼくれる。

仙姫なのだから敬えと言うくせに、敬って距離をとると、かまえと言ってくる。

もはや猫か犬なのではないかと思えてきてしまう。

言えば怒りそうだが。

そんなことを思いつつ呆《あき》れた視線をオリヒメに向けると、オリヒメは球遊びを再開する。

球を投げてはエンタに取りに行かせ、エンタが持ってくると大げさなほど褒めて撫でまわす。

なにが楽しいのかまったくわからん。
そもそも俺の部屋でやる意味はなんだ？
思わずどうでもいいことを考えてしまう。オリヒメの行動に理由があると思うほうが馬鹿だと考えてから気づいた。

「ん？　どうした？　アルノルト」

「いや、別に何でもない」

「んー？　おお！　そうかそうか！」

　頭痛がしてきて頭を押さえていると、オリヒメがなにやら気づいたらしい。おそらく、いや間違いなく勘違いだ。

　短い付き合いだが、それぐらいはわかるようになってきた。

「今日はやたら見てくると思ったら、そういうことか。すまぬすまぬ。妾《わらわ》が鈍感であった」

「まぁそうだな。そこは同意だ」

「だが気づいたぞ！　そなたも仲間に加わりたかったのであろう！　言い出せぬとはなかなか可愛《かわい》いところがあるではないか！」

「いや、全然違う」

「そう照れるな。妾も鬼ではない。そなたがどうしてもというなら、球を投げさせてやらんでもないぞ！」

　そう言ってオリヒメは両腕を組んで、ふふんと偉そうに胸を張った。

どうしてこうも間違ったことを自信満々に言えるんだろうか。

やはり恐れ入る。

「いや、だから……」

「遠慮するでない！」

そう言いながらオリヒメは俺に球を見せる。

その後ろでは尻尾がブンブン揺れているし、目は期待で輝いている。

ようはあれだな。遊んでほしいのか。

「……」

「ほれ！　楽しいぞ！」

オリヒメはぐいぐいと俺に球遊びをすすめてくる。しかし、何が楽しいのかわからない俺は無反応を貫く。

するとオリヒメはペタリと耳を下げて、見る見るうちに表情を翳《かげ》らせる。

「……やりたくないなら仕方ないな。無理にとは言わん。妾はエンタとやるとしよう……」

ずーんと落ち込んだ様子を見せて、オリヒメはエンタとの球遊びに戻るが、投げる球には勢いがなく、エンタが拾ってきても少し撫でるだけだ。

完全に意気消沈しているオリヒメを見ていると、何も悪くないのに俺が悪いような気になってくる。

「わかったわかった……やればいいんだろう。やれば」

「本当か!?　ふふん！　最初からやりたいと言えばいいだろうに、困った奴《やつ》だ！」

そう言ってオリヒメは嬉《うれ》しそうに俺に球を手渡した。

そして尻尾を振って俺が動くのを待っている。

「俺が投げるのか？」

「うむ！　そなたは投げる。妾はそれができるだけ床につく前に取る！　それだけだ！」

そう言ってオリヒメは早く投げろと急《せ》かしてくる。

何が楽しいのか理解できないが、仕方なく適当に投げると、オリヒメがそれに瞬時に反応して、球の着地地点に入る。

「むむ？　このような緩い投げ方では楽しめぬぞー」

「……ガチかよ」

まるで肉食動物の反応だ。一瞬で移動しやがった。まぁ獣人だしそれくらいじゃ驚きはしないが、その動きを遊びで使うということには驚くべきだろう。

オリヒメはもっと速く投げろと要求して、俺に向かって球を投げてくる。

さすがにそう言われたからにはちゃんとやらないといけない。今度は真面目に思いっきり球を壁に向かって投げつける。これでバウンドして、上手く取れないだろ。

なんて思っていると、壁に当たる前に楽々キャッチされてしまった。

「うむ！　今のはまぁまぁだったぞ！」

「……ちっ」

「今、舌打ちをしなかったか⁉」

「してない。気のせいだろ」

「そうかぁ？　妾には舌打ちが聞こえた気がしたのだが……」

首を傾《かし》げながらオリヒメが球を投げてくる。

さすがに今のはプライドに障った。割りと本気で投げたのに楽々キャッチしやがって……。

これはおそらく父上からの遺伝だが、どうも余裕綽々《よゆうしゃくしゃく》の奴には一発お見舞いしないと気が済まない。そんなに楽しみたいっていうなら楽しませてやる。取れなくて悔しがるといい。

見ろ！　これが俺の全力投球だ！

そう思いながら俺は思いっきり明後日の方向に球を投げる。とても部屋の中で投げる球じゃない。外でやるような投げ方だ。

しかし、オリヒメはそれをいとも簡単に取ってみせた。

俺の全力を、だ。

「うむ！　その調子だ！」

「なん、だと……⁉」

オリヒメからの返球を受けつつ、俺は衝撃を受けた。

いくらオリヒメが速いからといって、今のを取られるなんて……。もはや目で見ているというよりは体が反応しているといった感じなんだろう。

くそっ。すごい尻尾を振っている。楽しくて仕方ないといった表情だ。

俺は一杯食わせたくて今、全力だったのに！

このままじゃ終われない。そっちがもはや本能で球を追うというなら、それを利用するまでのこと。

押して駄目なら引いてみろ。遠くが駄目なら近くを使えばいいだけのこと。舐《な》めるなよ、オリヒメ。俺は相手が嫌がることを率先してやるタイプではないが、やらせたら天才的な男だ。

それを思い知らせてやる。

「ほら行くぞ！」

「来るがよい！」

俺はオリヒメに向かって、全力投球するために足を上げる。

それを見てオリヒメが身構えた。

だが、俺はすぐに足を下ろして球を俺の目の前にひょいと投げる。

「見たか！　これはどうにもぉぉぉぉ!?!?」

俺のフェイントに一瞬だけ引っかかったオリヒメだったが、動物的な反応を見せて俺のほうに突っ込んできた。

そして球が床につく前にキャッチすると、そのままゴロゴロと転がり、俺を巻き添えにした。

思いっきりオリヒメに倒された俺は、仰向《あおむ》けで後頭部を押さえる。転んだときに後頭部を打ったのだ。

「痛っ……っていうか重い！」

「ふふん！　どうだ！　取ったぞ‼」

見れば俺の上にはオリヒメが馬乗りになっていた。その顔に浮かぶのは今日一番のドヤ顔だ。見事にキャッチした球を見せつけている。

「怪我《けが》したらどうするんだよ……俺が」

「おお！　そこは考慮にいれていなかった！　すまぬ！　だが、そなたが悪いのだぞ。妾を謀《たばか》ろうとするから、こんなことになったのだ」

そう言ったあとオリヒメは頭を俺のほうに向けてくる。

何の真似《まね》だと怪訝《けげん》な表情を浮かべていると、オリヒメが満面の笑みで告げた。

「見事、妾は取ったぞ！　褒めるがよい！」

「あー……」

「褒めるがよい！　褒めるのだ！」

言い方は上からだが、尻尾を揺らして頭を撫《な》でられるのを待っているのはどう見ても猫か犬だな。

耳を動かし、オリヒメは俺に撫でろと催促してくる。どうせここで断ってもしつこく催促してくることは目に見えているので、俺は右手でオリヒメの頭を撫でる。

「はいはい、よくできました」

「うむ！　もっと褒めるがよい！」

「もっとって……」

何をしろっていうんだよ。

そんな風に思っていると、突然ガラスが割れたような音が響いた。それは魔力の扱いに長《た》けた者にしかわからない音。通常の人間なら聞くことさえできない、結界が破壊された音だ。

そして扉がゆっくりと開かれる。

「もう！　アル！　なんなのよ⁉　人避《よ》けの結界に加えて、扉にも結界なんて張って！　しかも無駄に硬いし！　壊すのに一苦労……したじゃ……ない……」

扉の向こうにいたのはエルナだった。

言葉通り、結界を壊すのに苦労したんだろう。剣を握り、肩で息をしている。

だが、俺に馬乗りになっているオリヒメを見て、その表情が見る見る険しいものに変わっていく。それと同時に俺の体からドッと冷や汗がわいてきた。

こうして最悪のタイミングで矛と盾が遭遇することになってしまったのだった。

10

なぜエルナがここに来たのか？　ぐるぐるとそれが頭の中を回る。人避けの結界に加えて、俺への面会は遮断されているはずだ。それくらいしないとオリヒメが俺の部屋に来れるわけがない。だが、今はそんなことを考えるだけ無駄だろう。

まず俺が考えるべきなのは——どうやって生き残るかだろうな。

「アル……部屋に結界まで張って女の子とお楽しみ中ってことでいいかしら？　いいご身分ね？」

「いや、落ち着け。これは違う」

「この状況でどう落ち着けってのよ!?　なんか第二近衛《このえ》騎士隊がうろちょろしてるから目を盗んで様子を見に来たら、どうなってるのよ!?」

あいつらのせいか!?　なんてことを！　守るどころか脅威を呼び寄せやがった！

くそっ！　できればエルナにはオリヒメが仙姫であるということは明かしたくないんだが。

「エルナ、とりあえず落ち着け。お前は盛大な勘違いをしている」

「そうだぞ。曲者《くせもの》。早く去るがよい。妾とアルノルトは忙しい」

「!?」

思わず目を見開いてオリヒメを凝視してしまう。

なんて愚かな。動物の本能を捨ててしまったのか？　この帝国一怒らせてはいけない女に対しても自由に振る舞うなんて。やはり仙姫というべきか。

「曲者……？　それはこっちの台詞《せりふ》よ！　なにアルの上に乗ってるのよ！　そんなんでも帝国の皇子なのよ！　降りなさい！」

「なぜ妾がそなたの指図を受けねばならん。妾がここにいるのは勝者の権利だ。満足するまでは降りん」

「なっ!?　このっ！　アル！　どうなってるのよ!?　誰よ！　この女!!」

「あー……説明すると長いんだが……」

「名を知りたければ自分から名乗ってみよ。まぁ名乗るほどの名があれば、だが」

そう言ってオリヒメはエルナに対して馬鹿にしたような笑みを向けた。

それに対して、エルナがブチキレた。

結界を壊すために抜いていた剣をオリヒメに向けて、エルナは激高しながら名乗りをあげる。

「上等よ！　私はエルナ・フォン・アムスベルグ！　アムスベルグ勇爵家の次期当主よ！　さぁ！　あなたも名乗りなさい!!」

「いや、エルナ、こいつは大した身分じゃ」

「ほう？　やはり勇爵家の者か！　妾の名はオリヒメ・クオン！　極東の国、ミヅホの仙姫である！」

そう言ってオリヒメは俺の言葉を遮りながら、ドヤ顔で自分の名と地位を名乗った。名乗ってしまった。

帝国の勇爵家、ミヅホの仙狐《せんこ》族。勇者と仙姫。最強の矛と最硬の盾。

大陸の矛盾が互いの存在を知れば、面倒なことになるのは目に見えている。

これが公式な来訪ならまだ大丈夫だった。しかし、今は非公式だ。オリヒメが好き勝手動こうと問題にならないように、オリヒメに対する無礼もさほど問題にはならない。

そもそも表に出ないからだ。だから俺も素のままにオリヒメに接しているわけだが、エルナと俺じゃ仙姫に対する認識が違う。

俺からすれば他所《よそ》の国のお偉いさんくらいだ。しかし、勇爵家は違う。勇爵家は常に最強を自負してきた。大陸を救った勇者の末裔《まつえい》にして、最強の武器である聖剣を使える一族。自らに並び立つ者たちに強烈なライバル心を勇爵家は向ける。それだけ自分たちの力に自信を持ち、実力を示し続けてきたからだ。

だからこそ、聖剣も止めるのではと噂《うわさ》される仙姫とは接触させたくなかった。

こういうときに大人の対応ができるほどエルナは大人しくない。

「仙姫ですって……？　帝国に来ているなんて聞いていないけれど？」

「極秘裏の訪問ゆえ仕方あるまい。帝国に勇爵家ありといわれても、重要なことは聞かされておらんようだな」

「へぇ……極東の小国からの来賓なんて勇爵家に伝えるまでもないのよ。勇爵家は暇じゃないの。どこかの誰かさんとは違って」

バチバチと二人の間で火花が飛び散る。ライバル心を向けているのは勇爵家だけじゃないみたいだな。オリヒメもいつになく挑戦的だ。

というか、さっさと退《ど》いてくれないかなぁ……。

「ほう？　そこまで忙しいようには見えないが？　妾《わらわ》は現在、公務中だがそなたは何用だ？」

「私も公務よ。あなたの下にいる皇子の護衛は私の仕事なの」

「おお、そうかそうか。では帰るがよい。護衛なら妾がいれば十分であろう。なにせ妾は結界を張ることに関しては天下一品だからな」

「そういうわけにはいかないわ。あんな軟弱な結界じゃ心配だもの」

「その軟弱な結界を破壊するのにずいぶんと手こずっておったようだが？　妾としては片手間に作ったものだったのだがなぁ」

「あら、偶然ね。私も周りへの迷惑を考えて静かに破壊していたの。本気でやるとあの程度の結界じゃ周囲への影響を防げないから」

　互いに言葉で相手を煽《あお》りあう。勇者と仙姫のやり取りにしては大人しいと言えなくもないが、こんなのはたぶん嵐の前の静けさだ。

　どちらも余裕を崩さないように必死だが、頬《ほお》が引きつっている。もう我慢の限界だろうな。

「このっ！　これ以上の侮辱は許さん！　妾の結界は天下一品なのだ！　聖剣がなければ何もできない勇者などに負けはせん！」

「なによ！　そっちだって伝説の道具を継承しているでしょう⁉　知ってるわよ！　それで国全体の結界を維持しているのよね⁉　もしかして強いのはその道具なのかしら⁉」

「なにをう⁉　最近は冒険者に名声を持っていかれている落ちぶれ勇者のくせに生意気な！」

「誰が落ちぶれよ⁉　勇爵家の名声は落ちてなんかいないわよ！　田舎だから届いていないだけじゃないかしら⁉」

「ミヅホは田舎ではない！　海上貿易の盛んな先進国家だ！　どうやら勉強不足のようだな！」

「極東で栄えたところでたかが知れてるわよ！　勇爵家が守り、育ててきた帝国の二番煎じが関の山でしょうが！」

「なんと⁉　モンスターのいない安全地帯で大きくした程度で偉そうに！　ただの人間相手に無双して最強面をするでない！」

「なんですって⁉」

売り言葉に買い言葉。互いにどんどんエスカレートしていく。

これはいよいよもってまずい。俺は今、世界で一番危険な場所にいるのかもしれない。

とりあえず寝そべっていては逃げるに逃げられないため、俺は体を起こして、オリヒメを上から退かす。

「何をする⁉」

「はっ！　重かったんじゃないかしら？」

「ぐぬぬ‼　調子に乗るな！　妾が重いというならそれは胸の分だ！　そなたのように貧相な胸をしていないのでな！」

「なっ⁉　結局脂肪でしょ⁉」

「母性の証《あかし》だ！　剣を振り回すしか能のない女にはわかるまい！」

「きーっ‼　もう許せないわ！」

なんて低レベルな言い合いだ。エルナとオリヒメは互いに手が届くまで近づき、睨《にら》み合う。

小柄なオリヒメをエルナがやや見下ろす形になるが、オリヒメはエルナの胸を見て冷笑し、エルナをより怒らせる。

これが大陸全土が期待し、噂していた勇者と仙姫のバトルだ。しょうもないにもほどがある。

「アル！　何とか言いなさいよ！」

「アルノルトに頼っても無駄だ！　すでにアルノルトは妾の虜《とりこ》だからな！」

「なんですって⁉」

「そなたより妾のほうが胸があるし、そもそも妾のほうが可愛《かわい》い！」

「自画自賛してるだけでしょうが！」

　オリヒメは胸を張って偉そうに勝ち誇る。

　自分に対する自信の差が出始めたな。オリヒメはどこでも唯我独尊だ。言い合いでも決して譲らないし、根拠のない自信を他者に見せつける。エルナにはそこまでの唯我独尊の自信はない。というか、そこまでの自信は認められていない。

　勇爵家はあくまでも貴族であり、皇族を尊重する存在だ。一方、仙姫はミヅホの守り神に近い。王以上の人気を獲得しており、発言にも影響力を持つ。まぁそれも当然だ。ミヅホは仙姫に依存しているのだから。

　それが二人の差といえるだろう。優劣という問題ではないが、言い合いにおいてブレないオリヒメは強い。まぁ人の話を聞かないだけとも言えるが。

「妾が可愛いのは当然だし、男が可愛い女子《おなご》を好むのも当然だ！　というわけで去るがよい！　この場に剣しか振れぬ女子はいらぬ！」

「ぐぬぬ‼　なによ！　アル！　こんな子のどこがいいのよ⁉　耳か⁉　尻尾か⁉」

　エルナの標的が俺に変更された。まずい。このタイミングでまさか俺に標的が変わるとは。

　どうやって仲裁するべきか迷っていたんだが、そんなことを考えている場合じゃなくなった。

「いや、俺は……」

「耳だな！　そんな気がする！」

「変態！」

「何も言ってないだろ……」

　大きくため息を吐《つ》く。

　さて、何を言っても罵倒される気がするが……放置するわけにもいかないだろうな。

　このままだと最悪、力比べになりかねん、なんて思っていると。

「殿下！　陛下がお呼びです！　猊下《げいか》もご一緒にと！」

　近衛騎士が部屋に入ってきてそう告げた。父上からの呼び出しということは、計画が進んだのかもしれないな。まぁそういうことなら別にいいだろう。

「わかった。すぐに行く。あと、エルナを連れて行くと伝えておいてくれ」

「え？　いえ、殿下……陛下は」

「呼んでないのはわかってる。けど、いずれ呼ぶことになるんだし、別にいいだろう。もうオリヒメがいることに気づいたわけだし、隠しておいても仕方ないだろ」

　このままエルナを放置して、あちこちに八つ当たりされても困るしな。口には出さんけど。

11

「これはどういうことだ？　アルノルト？」

「小言は宰相にしてください。俺は被害者です」

エルナとオリヒメを連れて玉座の間に入った俺は、早々に父上に問い詰められた。

しかし、すみませんと謝るところじゃない。

俺がなんとかできる事態ではなかった。責任は俺にはない。

「申し訳ありません。猊下が殿下の部屋に行きたいとおっしゃったので許可を出しました」

「無条件でか？」

「結界を張っていただくという条件だったはずですが」

「騎士たちがうろついていたのをエルナが不審に思って、警備の隙をついて入ってきたんです。結界を壊して」

「……」

「……」

父上とフランツは同時に頭を抱えた。それを見て、エルナはバツが悪そうな表情を浮かべ、オリヒメはざまぁみろといわんばかりのドヤ顔を浮かべている。

「まぁどうせエルナに話す予定だったのでしょう？　ちょっとくらい早まっても問題ないので

はないですか」

「それはそうだがな……お前はどこまで知っているのだ？　アルノルト」

「東部の一件で帝国近辺にいた休眠期のモンスターが一斉に活性化し始めたということ。そして帝国が冒険者ギルドと共同して討伐計画を練っていることは知っています。放置すれば記念式典に影響が出ますからね」

「ほぼすべて知っていたというわけか。秘密裏に進めていたはずなのだがな」

　呆《あき》れたようにつぶやきつつ、父上はそれ以上詮索してこない。

　今は俺の情報源など問題にしている場合じゃないからだろう。

「エルナ。聞いたとおりだ。この問題に対処するために仙姫殿を招いた。冒険者ギルドによればお前の力を借りねばならんモンスターが少なくとも一体はいる」

「陛下の命とあればどこへでも行き、どのようなモンスターでも討伐します。しかし……共に戦えというなら考えなければいけません」

「ほほう？　戦う前から他者の協力を当てにするとは勇爵家も大したことがないようだ。自信がないならはっきりと自信がありませんと言うことだな。そう言えば妾が力を貸してやらんこともないぞ」

「誰が自信がないですって……？　もしもの話をしてるのよ！　あなたと一緒に戦うなんて絶対にごめんだもの！」

「それはこっちの台詞《せりふ》というもの！　もう頼まれても手は貸さんぞ！」

　二人が俺を挟んでバチバチと火花を散らす。正直、場を考えてほしい。

　まぁ二人は身分も力も桁違いだ。多少の無礼では叱責程度で済んでしまうのがこの二人だ。

　とはいえ、肝心の叱責する人物は二人が言い争いをしているのを見て難しい表情を浮かべている。これは思った以上にまずい状況なのかもな。

「オリヒメ」

「ん？　なんだ、アルノルト！　アルノルトがどうしてもというのであれば妾も考えんでも」

「うるさい」

「がーん……!?!?」

「エルナもだ。父上の前だぞ」

「うっ……申し訳ありませんでした。陛下」

　二人とも肩を落として落ち込む。

　これで静かになった。落ち着いた話がようやくできる。

「どんなモンスターなんです？　そのエルナの力が必要っていうモンスターは」

「……〝霊亀〟と呼ばれる超巨大モンスターであり、その巨大な体軀《たいく》のせいで歩くだけで災害をまき散らす」

「どこからともなく？　休眠期のモンスターが活性化したという話だったはずですが？」

「そうだ。その霊亀が現れたのは二百年前。そのときから霊亀は休眠していたのだ」

「二百年も休眠？　一体、なにがあったんですか？」

数百年も眠るモンスターはいることにはいるが、非常に珍しい。

以前戦った海竜レヴィアターノは強制的に眠らされていた。そういう特殊な条件でもないかぎり、強力なモンスターでもだいたい休眠期は数十年程度だ。

　何かがあったことは間違いない。

「霊亀は不死のモンスターと呼ばれておる。それはこのモンスターが通常の方法では死なぬからだ」

「どんなカラクリなんです？」

「霊亀の体は魔力でできておるというのが冒険者ギルドの見解だ。手《て》酷《ひど》い傷を負うと霊亀は体を超硬質化させて休眠に入る。そして体を強化してまた動き出すそうだ。万が一、その状態になる前に討伐されたとしても、もともとは魔力であるため、また体を再構築して現れる。最初に出現した霊亀と現在の霊亀は同一存在ということらしい。これが不死のモンスターといわれるゆえんだ」

「そんな厄介なモンスターならもっと話題になってもおかしくなさそうですが？」

「一度体を魔力に帰された霊亀が次に戻ってきたときは、体が小さくなっているようです。成長がリセットされてしまうのでしょう。その時点でまた討伐すれば大して危険なモンスターではありません」

　なるほど。不死であっても討伐できないわけじゃない。

たしかに危険ではないわな。しかし、二百年も休眠期に入っていたということは、二百年前にはそれをしくじったということだ。

「それで？　二百年前はどうして上手《うま》くいかなかったんですか？」

「二百年前、冒険者ギルドはＳＳ級冒険者を派遣したそうです。そのＳＳ級冒険者が討伐寸前まで追い詰めたのですが、邪魔が入って休眠状態に入られてしまったそうです」

「ＳＳ級冒険者の邪魔？　一体、どんな強者ですか？」

「かつてシルバーが討伐した古竜だ。人を狙う厄介極まりないあの古竜は、二百年前にもＳＳ級冒険者と交戦しておったのだ。まぁ返り討ちに遭い、なんとか逃げ帰ってひっそりと休眠期に入ったようだが、厄介なモノを残していきおった」

忌々しいといわんばかりの顔を父上が浮かべる。

俺が討伐した古竜がそんなことをしていたのか。強大な力がありながら、勇爵家とは決して正面から戦わず、しかし大陸中央に陣取って帝国に被害をもたらした狡猾《こうかつ》な竜と聞かされていた。俺と戦ったときも最後は逃げようとしていたしな。逃げ上手な竜という印象だったが、そんなのがわざわざＳＳ級冒険者にちょっかいをかけてまで霊亀を助けたのか。

休眠期に入り、体を強化するということはきっと強敵に勝てるまで強化するという意味だ。それが二百年という長さにもつながるだろう。

そういうモンスターがいれば自分はもっと動きやすくなる。もしかしたら厄介な勇爵家を倒してくれるかもしれない。そういう打算で動いたのかもしれないな。

結果的に自分が先に討伐されてしまったわけだが、置き土産にしてはデカすぎるな。

「ＳＳ級冒険者に勝てるまで体を強化していたとしたら、いくらエルナでも単独では危険なのでは？」

「そこは十分、憂慮しておる。ですから仙姫殿も共に戦ってくださるとありがたいのだが」

「ふむ、皇帝陛下よ。勘違いはしないでほしい。妾《わらわ》はモンスター討伐のために呼ばれたのではない。危険なモンスターを封じるために呼ばれたのだ。我が身に危険が迫れば戦うが、帝国の利益のために戦うつもりはない。もちろん、貴国が我が国に膨大な利益を提供してくれるなら考えんでもないがな！」

　なかなかどうしてしたたかなことを言う。

　帝国はなんとしても記念式典を成功させたい。そのために冒険者ギルドに対して全力のバックアップを約束している。それはかなりの出費だろうし、記念式典による出費もかさむ。

　仙姫を動かすほどの利益をミヅホにもたらすというのは難しいだろうし、さすがにリターンが少なすぎる。

　仙姫はあくまで結界のスペシャリスト。巨大なモンスターを討伐する際の決定打にはなりえない。協力してくれればありがたいし、助かるだろうが絶対にいてほしいわけでもない。

「それは残念だ。では冒険者ギルドに援護を頼むとしよう」

「あの仮面男と一緒ですか……まぁ仙姫よりはましですが」

「エルナ、今回はシルバーには頼らん。そういう条件で冒険者ギルドと帝国は動いているからな」

「っ⁉　あの男がなにかしたんですか⁉」

「そういうわけではない。冒険者ギルドとしては人材を発掘したいというのと、シルバーばかりに手柄が集中するのは避けたいらしい。我々帝国としてもほかの冒険者が帝国に拠点を構えてくれるなら願ったり叶《かな》ったりだからな」

「そんな理由で遠ざけると？　あの男は気に入りませんが……帝国を守ってきたのは紛れもない事実です。帝国は第一にシルバーを頼るべきかと。もしもシルバーの心が帝国から離れたらどうするおつもりですか？」

「それについても考えてある。アルノルト。お前がシルバーと繋《つな》がっているのは聞いている」

「繋がっているというか、向こうから繋がってきているだけですがね」

「それでも連絡を取る手段は持っているな？」

「向こうが応答するかはわかりません。帝都支部と似たようなものです。シルバーは常に神出鬼没。所在を掴《つか》んでおくのは不可能です」

「応じないならば仕方ないが、試してみる前に諦めても仕方ない。ワシが会いたいと言っていたと伝えておけ」

「……何をするおつもりですか？」

「話すだけだ。ゆっくりとな」

　そう言って父上はそっと城の外へ視線を向けた。

　シルバーはＳＳ級冒険者ではあるが、身分も定かでない人物を皇帝が呼ぶというのは異例だ。

勝手に入ってきた前回とは違う。父上自らシルバーとの関係を保ちに出てきたか。

これは予想外の展開だ。

12

皇帝からの誘い。断るのは簡単だが、今回の一件を理由に断れば溝が深まるだけだ。そうなれば皇帝の面子《メンツ》としても一度、呼び出しを断った冒険者に頼ることはしないだろう。シルバーがこの一件に関わる可能性が断たれてしまう。

そういうこともあって、俺はシルバーとして父上からの招待を受けることにした。

転移で帝剣城の突き出た広場へと向かう。

そこにはテーブルと椅子が用意されており、すでに父上が座っていた。

「よく来てくれたな。シルバー」

「皇帝陛下から直々の招待だったので来たまでのこと。最後までいるかは話の内容による」

「ふっ、お前らしいな」

そう言いながら父上は俺に対面の椅子をすすめる。

同じ場所で座って話す気のようだ。いくらＳＳ級冒険者が相手とはいえ、異例の処置だろうな。しかも。

「護衛があまりいないようだが？」

「最小限に絞った。お前が何かしたとするなら護衛がいても止められんしな」

「なるほど、信頼の証《あかし》として受け取っておこう」

広場の周りに数人の近衛《このえ》騎士。

最も近い護衛がそれだ。父上の周りには俺しかいない。これまた異例といえる。

「そうだ。信頼している。これまで帝国を守ってきたお前の実績を、な」

「残念だが、帝国を守った覚えはない。俺が守ってきたのは常に民だ」

「結局は同じことだ。民を守ることは国を守ることにつながる。お前が出てきてから民が不安の声を上げることは少なくなった。強力なモンスターが出現しにくい帝国にＳＳ級冒険者がいるというのは、帝国国民にとっては安心できる材料なのだ」

「俺が帝国にいるのはほかの冒険者との衝突がないからだ。高ランクのモンスターが出現する場所では冒険者たちが依頼の取り合いをする。縄張り争いのようなものは避けたい。だから帝国にいる」

そう言って俺は父上の顔をじっと見つめた。

仮面越しではあるが、俺の視線の意味に気づいた父上は苦笑する。

「そんなお前からすれば今回の帝国の行動は歓迎しがたいか」

「冒険者を招致するのは国として当然のことだ。否定するつもりはない。ただ居心地が悪くなるようなら去る。それだけだ」

「それでは帝国が困る。Ｓ級冒険者を何名招いたところで、ＳＳ級冒険者の代わりにはならん。

実力はもちろん、名声の面でもな。民もきっと不安がるだろう」

「帝国の事情など知ったことではない。誰かが帝国に入ってくるなら俺は移動し、大陸のバランスを保つ。高ランクの冒険者が必要な場所はいくらでもあるからな。本来ならギルド本部の仕事ではあるが……今のギルド本部に期待するのは無意味だろう」

最近、冒険者ギルドの上層部は現場を知らない者が多く占めるようになった。

かつては元冒険者が多くいたのだが、派閥争いという話になると元冒険者よりはギルドの職員が優勢となる。

本部の職員がそのまま上層部となった今のギルド本部は面倒なところになった。

大陸に五人いるＳＳ級冒険者を刺激しないように、かつ自分たちでコントロールできるようにしようとしている。

まぁコントロールできるような奴《やつ》らじゃないし、そこらへんもわかってきたから新たなＳＳ級冒険者を求めているんだろうけど。

無駄なことだ。探して出てくるなら苦労はしない。

「あくまで民が第一か」

「それが冒険者だ。我々は自由な立場で民を守護する。ランクも身分も関係なく、それだけが俺たちの決まり事だ」

「シンプルだな。嫌いではない」

そう言って父上はゆっくりとテーブルの上にある紅茶を口にする。

匂いから察するにちょっと酒が入ってるな。父上の好物ともいえる飲み物だ。

「皇帝陛下。あなたも暇ではないだろ？　早く用件を伝えたらどうだ？」

「まぁ待て。こうやって周りに人がいないというのは中々なくてな。もう少し楽しんでも罰は当たらんだろ？」

「俺の時間が削られる」

「せっかちな男は嫌われるぞ？」

「帰ればいいのか？」

俺がそう告げると父上は肩をすくめ、飄々《ひょうひょう》とした様子で苦笑した。

皇帝という肩書を取り払われた父上というのは珍しい。これが素に近いんだろう。

「まぁ待て。ここから大事な話だ」

「では早くしてもらおう」

「では単刀直入に聞くが、お前に意中の相手はいるか？」

「……一体、何の話をしている？」

「いや意中の相手がおらんなら、ワシの娘たちの誰かをくれてやってもいいと思ってな」

「……言っている意味がわかっているのか？」

「もちろん。古代魔法の使い手であるお前に娘を嫁がせるというのは反感を呼ぶだろう。皇族と古代魔法。このセットは帝都に生きる者にとっては恐怖の代名詞だ。かつて我が祖父は古代魔法の研究の果てに乱心し、帝都を恐怖に陥れた。当時のことを覚えている者はまだいるし、それは語り継がれる」

「俺と皇女の誰かが結婚したとして、そこに子供が生まれれば皇族の血を引く古代魔法の使い手が再度生まれる可能性がある。誰も望まん未来だと思うが？」

　もちろんシルバーとしてそんな縁談に応じる気はない。しかし思い切ったことを切り出してきたな。父上としてはもっとも切りたくない手札のはずだろうに。

　それだけシルバーを帝国に留《とど》めておきたいってことなんだろうけど。

「恐怖ばかりでは先には進めん。この大陸はかつて魔王の災禍に襲われた。魔王は勇者が討ったが同じような敵が現れんとなぜ言える？　だからこそ、五百年前の皇帝は勇者に爵位を与え、その血筋を保護することを選んだ。帝国を守るため、ひいては大陸のためだ。それと同時に皇家は自らの血筋を強化することも怠らなかった。優秀な血を取り込み、アードラー家は強くなっていった。それはこれからも変わらん。お前に公爵の地位を与え、皇女を嫁がせる。そしてお前の子孫を皇家に取り込む。これは帝国のためであり、大陸に住むすべての民のためだ」

「ご立派な考えだが、それに付き合う義理も義務もない。後の時代のことはその時代に生きる者がどうにかすればいい。特に古代魔法は素質に左右される。わざわざ血筋を残したところで素質が受け継がれるとは限らない。後に生まれてくる新しい命にいらぬ重しを残すだけだ」

「ふむ、やはり駄目か」

　駄目で元々という考えだったんだろう。

　父上は小さくため息を吐《つ》いて、また紅茶を飲む。

「できれば娘の結婚する姿を見たかったのだが……そうだ。お前が望むならフィーネやエルナでも構わんぞ？」

「くどい。皇女たちよりももっとお断りだ。帝国一の美女を妻にすればいらぬ敵を作り、勇者を妻にすれば俺の生活は崩壊する。押し付けるのはやめていただこう」

「はっはっはっ!!　フィーネやエルナと結婚できる権利を捨てる男はお前くらいだろうな。女の価値が見出《みいだ》せんというなら仕方ない。現実的な話に移るとしようか」

「ようやくか……ふざけるのはこれっきりにしてもらいたいな」

「ふざけたわけではない。お前は英雄だ。爵位を与え、身内にすることができればこれほど良い話はなかった。まぁ世の中、そううまくはいかないということだな。さて、どういう条件なら帝国に残ってくれる？　お前と親交のある副ギルド長の後ろ盾になれば満足か？」

父上の提案に俺は発しようとした言葉を飲み込む。今まさにその提案をしようとしたからだ。

ギルドは中立だ。しかし、すべての国の影響力を排除することはできない。

ギルドのトップを決めるときにそういう国の影響力は大切になってくる。

現在、ギルドの上層部の中で現場を知っているのはクライドだ。クライドがトップに立てばきっとギルド本部は変わるだろう。

それは俺としても望ましい。だから今回の一件を理由にして、クライドに協力するように求めるつもりだったんだが。先に言われたか。

「どうした？　それで構わんのか？」

「それでは不服といったらどうするおつもりか？」

「妥協案を探すだけだな」

「その妥協の中には帝位争いに関する事柄は含まれているのだろうか？」

「含まれんな。いくらお前の要求だろうと……候補者を贔屓《ひいき》する気はない。皇太子の座は自らの手で取ってもらう」

「そうか。なら皇帝陛下の提案でいい。クライドの後ろ盾になってやってくれ。守ってくれるなら俺は今までどおりでいよう」

　それだけ言うと俺は席を立つ。これ以上、ここに居ても無駄だからだ。

　しかし、そんな俺を父上が呼び止める。

「シルバー」

「まだ何か？」

「これは個人的な質問だ。嫌なら答えなくていい。お前に古代魔法を教えたのは誰だ？」

「――答える義務はないな」

「そうか……古代魔法は素質に左右されるうえに貴重な文献を研究しなければいけない。村で生まれた平民が易々《やすやす》と学べるものではない。相応な身分がなければ学ぶのすら難しいのが古代魔法だ。ワシはお前が高貴な身分と見ているのだが、どうだ？」

「ご想像にお任せする」

「そうか。では勝手に想像させてもらおう。我が祖父が何らかの方法で生き永らえたか、もしくは弟子を取っていた。どちらかがお前の師ではないか？」

「物語の設定としては悪くない想像だ。隠居なさったら本でも書いてみては？」

「ふむ、なかなかいい線をいっていると思うのだがな」

そんな父上の言葉に苦笑しつつ、俺はその場を転移で後にするのだった。

これ以上、父上の前にいてはバレるかもしれないからな。

第三章　代理討伐

Episode 3

1

「なかなか有望そうな面子《メンツ》を呼んでるじゃないか」

「そのようですな」

セバスが入手してきたS級冒険者のリストを見ながら俺はつぶやく。

父上と密約を結んだため、シルバーとしての心配はなくなった。無事に計画が進めば問題ないし、危険だと判断すれば介入するまでのこと。

それで問題になったとしても、帝国がクライドの後ろ盾になって事を収めるだろう。

正直、その展開がもっとも望ましいが。

「この面子で失敗するっていうのを期待するのは不謹慎か」

「有望なS級冒険者ばかりですからな。これで失敗するとなるとモンスターの危険度は跳ね上がります」

セバスの言葉に頷き、俺はリストの最上段に書かれているＳ級冒険者の欄を見る。

今回、ギルドが帝国に招致した冒険者たちのうち、単独でＳ級冒険者認定されているのは二人だ。

「ブルース・ターラント。北方のイーグレット連合王国で活躍する氷の魔導師か。最近、Ｓ級に上がったばかりだってのに働き者だな」

「出世頭ですからな。まだ二十代前半の若者でありながら、トントン拍子でランクを上げています。紳士的な振る舞いと端整な顔立ちも相まって、〝氷結の貴公子〟と呼ばれて連合王国でも人気があります」

「ギルドが担ぎ上げたい筆頭候補だろうな。いい子ちゃんに決まってる」

「もちろん実力も兼ね備えています。いくつもの賞金首モンスターを討伐して今の地位にいるわけですし」

「魔導師が単独でＳ級冒険者となっただけで、その実力はうかがえる。だけどここで打ち止めだろうな。現代魔法だけじゃ威力不足だ」

「さすがに手厳しいですな」

「後輩には厳しくいかないとな。Ｓ級とＳＳ級はランク以上の差がある。相手をするモンスターの桁が違う。実力が足りなければ死ぬだけだ」

そう言って俺はブルースの下に書かれている名前を見る。

直接面識はないが、よく噂《うわさ》を聞く奴だ。悪い方面での噂だが。

「イグナートも呼んだのか。本末転倒だな。現時点ですらギルドの言うことを聞かない問題児だぞ？」

「皇国を拠点とする炎の魔剣士ですな。周囲の被害を無視し、ひたすら暴れる戦士というのがよく聞く噂ですが、実際のところはどうでしょうな」

「もっとひどいに決まってる。実力があるからギルドがもみ消している件は一つや二つじゃないはずだ」

言ったあとに俺は盛大にため息を吐く。

面倒な奴を呼んでくれたもんだ。ブルースは性格面での問題はない。しかしイグナートは違う。最悪、イグナートのせいで状況が悪化する可能性すらある。

実力がある分、性質《たち》が悪い。

「ギルドがコントロールできるといいんだがな」

「あまり期待はできませんな」

「そうだな。ここはほかのS級冒険者に期待するとしようか」

そう言って俺はイグナートの下を見る。

そこには二人の名前が書いてあった。

二人一組で動く冒険者は珍しくない。だが、この二人組はそういう冒険者の中では異端だ。

「夫婦でS級冒険者認定を受けた二人組。シドニーとオーギュストか」

「王国を拠点とする二人組ですな。冒険者歴も長いですし、まとめ役も期待された人選でしょう」

「攻撃のシドニーに防御のオーギュスト。年季が入っているからこういう特殊な作戦に参加した経験も豊富だ。実力的にも二人で戦えるなら十分に期待できる。安定感ということなら今回参加するS級たちの中では断トツだろうな」

「面識は確か一度ありましたな」

「ああ。本部で一度会っている。悪い印象は受けなかった」

今回のメンバーでは唯一納得できる人選だな。出世を重ね、上しか見ていない若者や周りに迷惑を振りまくトラブルメーカー。きっと足並みはそろわない。

本来なら安定感のある面々を選ぶべきだろうに。

「最後は雷の勇兵団《グローム・ソルダート》か」

「皇国を中心に戦う五人組のパーティーですな。連携の取れた集団戦が持ち味だと聞きますが……」

「まぁこの中じゃ一番見劣りするだろうな。目立った功績も上げてない。S級認定されたのだってちょっと怪しいからな」

S級認定されるということは、大抵のモンスターは対処できるということだ。しかし雷の勇兵団は皇国から外に出ることはめったにないし、目新しいモンスターを討伐した功績もない。すでに攻略法のわかっているモンスターを数多く討伐し、その功績でS級になったパーティーだ。

実力は当然ながらある。弱いわけじゃないが、休眠をとるレベルのモンスターを相手にするほどの実力者かと言われれば首を傾《かし》げなければいけない。

今回の面子の中じゃ実力面では唯一の不安材料だろうな。

「呼ばれたS級は以上か。こいつらに一体一体、モンスターを割り振るのか？」

「そのようです。リストアップされた高ランクモンスターは霊亀を除くと四体ですので。しかし、一つ問題が」

「さっそくかよ。なにがあった？」

「全員、到着が遅れており、まだ帝都に入っていません。特に雷の勇兵団は連絡が途絶えているようです」

「到着が遅れるのは仕方ないとして、連絡が途絶えただと？　最後の連絡はいつだ？」

「最後に連絡があったのは二週間前。北部から帝国に入ったという情報が最後だそうです」

「二週間前に北部から？　なんで皇国からの移動で北部から入る必要がある？　国境を通るのは問題ないはずだ。冒険者ギルドの仕事だからな」

「そこは気になっておりました。もしかするとこちらとは別の思惑で動いていたのかもしれません」

「ギルドと帝国が主導する計画だぞ？　そこに別の思惑を持ち込むなんて危険すぎだろ」

ギルドと帝国を無視すれば、今後の活動がしづらくなる。

あくまで行動を開始するのは帝都に集まってからという話だったはずだしな。

　もしも独断で動いたとするなら――。

「……皇国なら余計なことをしかねないな」

「皇国からすれば計画が成功して、帝国周辺のモンスターが討伐され、記念式典も成功し、S級冒険者も帝国に拠点を構えるようになったりするのは面白くはないはずですからな」

「世の中、そこまでうまくいくもんじゃないけどな。だが、帝国を混乱させるためにいやらしい手を打ってきた可能性はある」

　雷の勇兵団を取り込み、独断行動をとらせる。それで帝国が混乱すれば皇国としては嬉《うれ》しいかぎりだろう。ただでさえ、帝国はここ最近バタついているからな。リーゼ姉上がいる東部国境は鉄壁だ。力押しじゃ突破できない以上、搦《から》め手を使うことはたやすく想像できる。

「余計なことをしないでほしいもんだがな」

　いつもなら混乱に乗じるところだが、今はシルバーとして動きづらい。

　招致したパーティーがやらかすというのは、絶妙に動きづらい。ほかにも冒険者はいるからだ。それで失敗と判断して動き出せば、反発は免れないだろう。

「民に被害がないと良いんだがな」

　そんなことをつぶやきながら、俺は窓から帝都の街を見つめるのだった。

「これ以上、冒険者たちを待ってはいられません！」

数日後。玉座の間にてレオがそう強く告げた。その場には俺とフィーネもいた。

いまだにS級冒険者たちは揃《そろ》っていない。南部での一連の騒動に加えて、各地でモンスターが動き出しており、そのせいでS級冒険者たちは足止めを食らっていた。

彼らがモンスターの討伐に出て、事態の収拾を図っているようだが、どうしても遅れが出てしまう。そしてその遅れによって、本来、彼らに任せるはずだったモンスターたちが動き出してしまった。

待機していた各地の冒険者たちが必死に足止めをしているようだが、被害は増える一方だと報告が入っている。その報告を受けて、レオは父上に直談判《じかだんぱん》しに来たのだ。

「第八皇子レオナルトと第七皇子アルノルト、そしてフィーネ・フォン・クライネルトの三名による連名で、近衛《このえ》騎士団による事態の収拾を提案いたします」

「今朝、エリクも似たようなことを提案してきた」

父上は軽くため息を吐《つ》く。それだけで提案が通らないと察することができた。

今回は冒険者ギルドとの合同作戦。帝国側から勝手な行動は取れない。S級冒険者が遅れているのは帝国のゴタゴタも原因だからだ。

だから俺はその場で踵《きびす》を返した。

「どこへ行く？　アルノルト」

「答えが決まっていることを議論する必要がありますか？」

「レオナルトはワシを説得する気らしいぞ？」

「説得で動いてくれる人なら苦労しませんよ。行くぞ、フィーネ」

「兄さん！」

「やめておけ。父上にも立場がある」

「アル様……」

俺はフィーネを連れて玉座の間を後にする。

そして廊下を無言で歩いて自室に戻ると、セバスが音もなく現れた。

「何かあったか？」

「帝都支部に傷だらけの少年が駆け込んできました。少年はシルバーに会いたいそうです」

「……モンスター関連だろうな」

「でしょうな。多くのモンスターが覚醒しつつある状況です。助けを求めに来たのでしょう」

「そうか。助けを……求めに来たか」

予定が狂い、現場が混乱している。民に被害が出始めている。こんなとき、シルバーがいつも事態を収拾してきた。しかし、冒険者ギルドはそのシルバーに依存する状況を良しとはしていない。

「私見ですが、会わないほうがよいかと」

「どうしてだ？」

「会えば動かずにはいられないのでは？」

「そこまで情に脆《もろ》くはない」

「どうでしょうな」

セバスの言葉を聞き、俺はため息を吐く。そしてフィーネに視線を向けた。

「……どうするべきだと思う？　フィーネ」

「どう、とは？」

「動くべきか、動かないべきか。動けば多くのモンスターを相手にすることになる。今動き出しているモンスター以外にも、超大物が控えている。魔力を温存するのは賢い手だ。ここで動くことで帝位争いが有利に働くわけでもないからな」

動かない理由は揃っている。目を瞑《つぶ》らなきゃいけない被害は存在する。大局のためだ。ここで冒険者ギルドと対立するのは馬鹿だ。動きづらくなるだけだ。

だが、フィーネはフッと笑う。その笑みはどこか母上に似ていた。

「〝答えが決まっていることを議論する必要がありますか？〟」

さきほど俺が父上に向けて言った言葉だ。それを聞き、俺は一瞬驚き、そしてすぐに笑った。

まったくもってその通りだったからだ。答えは決まっている。すでに心は動いているのだから。

「――いつも思うよ。君に秘密を知られたのは僥倖《ぎょうこう》だった」

「光栄です。では、行ってらっしゃいませ。ご存分に」

「ああ、行ってくる。あとは任せたぞ？　セバス」

「やれやれですな。お任せを」

一礼する二人を見ながら、俺は仮面を取り出してシルバーの姿に変わる。そして帝都支部に転移したのだった。

3

帝都支部に転移すると、中はてんやわんやだった。

「だから、シルバーを呼んでやってくれって！」

「ですから無理なんです！」

「子供が呼んでるんだぞ！　あいつなら来てくれる！」

いつもは飲んだくれている冒険者たちが受付に殺到していた。お手軽高額依頼でもなければ見られない光景だ。

「あっちこっちで大変なことになってんだろ⁉　こんなときのシルバーだろう！」

そんな冒険者の先頭にいたのはガイだった。そんなガイの横には十代前半くらいの少年がいた。たしかに傷だらけだ。見るからに疲れている。休まず帝都まで来たんだろう。

「こちらにも事情がありまして……」

「どんな事情だよ⁉　依頼者がいる以上、受けるのが冒険者だろうが！」

受付嬢にガイがかみつく。だからモテないんだと思いつつ、俺は口を開いた。

「ギルド本部と帝国の共同計画だ。各地のS級冒険者によって動き出した高ランクモンスターを討伐する。俺は動くなと言われているから、帝都支部にどれだけ言っても無駄だぞ」

「シルバー!?　その話は本当か!?」

「ふざけんな！　よそ者の手柄のために大人しくしておけってか!?」

「本部の指図に従うのかよ!?」

「現場を知らねぇ奴《やつ》らはだから駄目なんだ！　今すぐ辞めちまえ！」

「そうだそうだ！　一度モンスターの前に引きずり出してやれ！」

　一斉に文句が溢《あふ》れてくる。聞くに堪えない罵詈雑言《ばりぞうごん》がどんどん飛び出してきた。受付嬢たちの顔が青くなっている。ギルドの職員からすれば聞かなかったことにしたいだろうな。

　そんな中、少年が俺の前にやってきた。

「あなたが……シルバーですか？」

「そうだ」

「これ……村中から集めたお金です。これで……村を助けてください！」

「……どこの村だ？」

「東部にあるソルブという村です。大きなモンスターが近づいていて……両親も……妹も……周りの人たちも……まだ村に……」

　震える声で少年は語る。東部からここまで馬でも何日もかかる。近づいているとわかった時点で少年が発《た》ったとしても、もはや一刻の猶予もないだろう。

「シルバー！　今すぐ転移門を開いてくれ！　及ばずながら助太刀するぜ！」

「話は聞いていたな？　俺が動くと多くの者の面子《メンツ》を潰すことになる。ギルド本部はもちろん、帝国やわざわざ国を跨《また》いでやってきたS級冒険者たち。このために入念な準備がされてきた。予定が少々遅れているようだが、俺が動くのは時期尚早といえるだろう」

「だからどうした⁉　面子なんか知ったことか！　民のために！　冒険者にとって大事なのはそれだけだろうが！」

ガイはそう言って俺を睨《にら》む。おそらく俺が断れば、制止を聞かずに少年の村に向かうだろう。共に向かう者も多そうだ。

冒険者は大局を気にしない。刹那的に行動する。だからこそ、守れるものがあり、救える人がいる。その在り方に憧れた。彼らのようになりたい、と。

「叱責では済まないぞ？　報酬も望めない。しかも相手は手強《てごわ》い」

「知ったことか！」

「その言葉、忘れるな？」

そう言って俺は自分の後ろに巨大な転移門を開いた。

「俺は討伐するなと言われているんでな。できるのは手伝いだけだ。直接討伐するのはお前たちだ。俺の代わりに働いてもらうぞ？」

そう言って俺は少年の手からお金の入った袋を受け取った。そして。

「帝国領内のモンスターは帝国の冒険者が片付けるべきだろう。叱責や罰が怖くない者だけついてこい。これ以上、モンスターどもの好きにはさせん。これからは――冒険者の時間だ」

そう言って俺は少年の手を引いて転移門に入ったのだった。

4

ソルブの村に転移した俺たちが見たのは荒れ果てた村の姿だった。

「そんな……」

「帝都支部所属！　Ｂ級冒険者のガイだ！　依頼を受けにきた！」

絶望する少年の横に現れたガイが、決め顔でそう告げた。しかし、村の惨状を見て肩を落とす。さすがに気づくか。

「あれ……避難したあとかよ……一度言ってみたかったのに……」

「避難？」

「ああ、安心しろ。村には死体どころか、血の跡すらない。モンスターに襲撃されたらこうはならない。どこかに避難したんだろうさ」

そう言ってガイは少年の頭に手を乗っける。そして安心させるようにニッと笑うのだった。

そうこうしている間に、帝都支部にいた冒険者たちが続々と到着する。

数は十分。しかし、ターゲットがいない。

「現地の冒険者たちは優秀みたいだな」

おそらく避難させたのは冒険者たちだ。ならば、自分たちの本拠地につれていっただろう。

「街に行っていたら間に合わんかもな」

避難民はモンスターに追われている。街にたどり着く前に追いつかれたら、街で待ち構えていても助けられない。

「全員、飛ぶぞ」

「おいおい、誰もがあんたみたいに飛べると思うなよ？」

「飛べるさ」

そう言って俺はその場にいる全員を結界に閉じ込めると、結界を維持したまま空へ上がった。

「おい⁉　これは飛んでるんじゃなくて運んでるの間違いだろ⁉」

「どっちでも一緒だ」

「ちょっと飛べると期待したんだぜ！　夢を返せ！」

喚《わめ》くガイを放置して、俺は近くの街まで全力で飛行する。もちろん、その間に捜索も忘れない。逃げ遅れた民が一人でもいるなら助けなければ来た意味がない。

しかし、どこにも民の姿はなかった。なんとか街まで逃げ切ったのかと思った矢先。

街の近くで多くの避難民が走っているのを見つけた。彼らの後ろには狼《おおかみ》型のモンスターが複数迫っていた。

「シルバー！」

「わかっている」

結界を変化させ、地上までの道にする。

俺は少年を抱えて街へ。ガイたちは走る避難民たちの下へ。

とにかく外にいる民の保護を最優先だ。俺は街に到着すると、少年をおろして小さな結界をいくつも展開する。逃げる民一人一人へ結界を張ったのだ。

その間にガイたちは狼型のモンスターたちを討伐していく。群れをなすモンスターは基本的に一体一体は大したことはない。厄介なのは数だが、今回は数十人の冒険者がいる。

「お父さん！　お母さん！」

戦況を見つめていると少年が走り出した。その先には幼い少女を連れた夫婦がいた。

彼らは涙を流しながら少年と抱き合う。どうやら少年の村の住人は無事に街の中には入れていたらしい。そんな光景を見たあと、俺は声を拡散する。

「これよりモンスターの討伐を開始する。この討伐は帝都支部の冒険者一同で行う。現地の冒険者は街まで退《ひ》け。よくやった。あとは任せてもらおう」

そう伝えつつ、俺は魔法の準備に入った。

雑魚モンスターは問題ない。問題なのはあいつらが動き出した原因。ギルド本部が標的に設定した高ランクモンスターだ。さすがに大物は他の冒険者の手に余る。

そんなことを考えていると近くの森が震えた。何かが歩いているのだ。本命が来たんだろう。

「来たぞ！　タイガーレックスだ！」

ＡＡＡランクのレアモンスター。虎のような頭に竜の体を持つモンスターだ。大きさは七、八メートル。竜の亜種であるが翼は退化しており、四足歩行で地面を闊歩《かっぽ》する。

本来なら安全のために、ＡＡＡ級が数人か、ＡＡ級の冒険者が大規模パーティーを組み、入念な調査の末に討伐する相手だが、今はそんな時間はない。

「帝都支部の冒険者たち！　俺は街の防衛と後方支援にあたる。前線は任せたぞ！　恐れるな！　このシルバーが諸君に力を与えよう!!」

　空に魔法陣が展開していく。対象は前線に立つ数十人の冒険者たち。Ａ級は数人。ほとんどがＢ級だ。危険は承知だったはず。それでも来てくれた。

　俺やエルナがモンスターに立ち向かうのとはわけが違う。俺たちは勝てるだろうという自信がある。しかし、彼らにはない。敵のほうが強いからだ。互角ですらない。それでも勇気を振り絞ってくれた。

　勇気ある者という意味なら彼らは紛れもなく勇者だろう。しかし、彼らにとってそれは当たり前なのだ。弱くても、辛《つら》くても、冒険者はモンスターに立ち向かう。

〝民のために〟。その合言葉が冒険者の絶対的ルール。国家では助けられない人たちの盾となるための職業だ。

「どうか……尊敬できる者たちに力を」

　そう言って俺は上空に手をかざす。魔力は消費するだろう、俺が討伐したほうが間違いなく早い。それでも今はこれしか手がない。だが、文句は言うまい。この手段はガイたちが切り開いてくれたものなのだから。

《終末の時来たれり・響け天火の音よ・空を渡り大地に降臨せよ・傾聴せよ弱き者・灯《とも》すは心

炎・猛《たけ》るは勇炎・弱き者よ闘士と成れ――ブレイブ・ホルン》

戦場に響いたのは角笛の音。その音を聞いた冒険者たちは雄たけびを上げた。

対象となる相手の能力を底上げする強化の音色。強化による援護魔法。それがブレイブ・ホルンだ。ソロで動く俺にとっては使い道のない魔法だったが、まさか役に立つ時が来るとはな。

タイガーレックスの厄介さはその凶暴さと攻撃力。だが、防御力はそうでもない。能力を底上げした数十人の冒険者ならばそこまで苦戦せずに倒せるはずだ。

それとは別に俺はタイガーレックスを一時的に結界で拘束する。冒険者たちが接近しやすいようにだ。

「さぁ、討伐と行こう」

■■■

「シルバー！」

「承知している」

ガイが叫ぶと同時に大きく跳躍する。タイガーレックスは大きく口を開き、炎のブレスを吐き出すが、ガイは避《よ》けない。俺の結界を信じたのだ。

炎がガイを包み込むが、すぐにそこからガイが抜け出してくる。最後の防御手段を突破されたタイガーレックスは逃げようとするが、ガイのほうが一手早い。

「うおぉぉぉぉぉ!!!!」

ガイは剣をタイガーレックスの頭に深々と突き刺す。その一撃を受け、傷だらけだったタイガーレックスはその場に倒れたのだった。

「やった……やったぞー!!」

今まで討伐したことのない高ランクモンスター。それを討伐して、冒険者たちははしゃぎ出す。そんな彼らを見て、街の住民も沸いている。

だが、仕事は終わっていない。俺は結界型の治癒魔法で冒険者たちの傷を癒《いや》す。

「おお! サンキュー! シルバー!」

「礼は仕事が終わったあとに受け取ろう」

そう言って俺は新たな転移門を開く。それを見てガイは顔を引きつらせる。

「仕事って……今、終わったんじゃ……」

「困っているのはここだけじゃない。残る三体も討伐しにいくぞ」

「嘘《うそ》だろ……結構疲れているんだが……」

「知ったことか。働け、民のためだ」

「鬼!」

「悪魔!」

「魔王!」

「いいから早く入れ。放り込まれたいのか?」

文句を口にする冒険者たちを脅し、俺は転移門に入るように促す。抵抗は無意味と判断した冒険者たちは、疲れた様子で転移門へと入っていく。そんな彼らを見送った後は、俺は街のほうを振り返る。

街の外壁。そこに少年が立っていた。

「シルバー！　ありがとう！　いつか僕も冒険者になります!!」

「ふっ……楽しみにしておこう。優秀な冒険者はいつでも歓迎だ」

そう言い残して俺はその場を後にしたのだった。

そしてその日のうちに俺たちは残る三体の討伐も完了したのだった。

5

「お疲れ様です」

「ああ……さすがに疲れた」

冒険者たちを帝都支部に送り届けたあと、俺は自分の部屋にようやく戻ってきた。強大な魔法を使ったわけじゃない。しかし、いくつも魔法を使った。しかも援護に回るというのは意外にも精神的にきつかった。だが、まだ気は抜けない。

出迎えたセバスに俺は留守の間のことを聞く。

「変わりはないか？」

「仙姫様がアルノルト様のことをお探しに。用事があって街に出かけていると言っております」

「そうか……」

そんな会話をした後。扉が勢いよく開いた。

「アルノルト！　戻ったか！　妾《わらわ》と遊ぶがよい！」

そう言ってオリヒメが俺にタックルするように抱きついてきた。腹部に強い衝撃を感じて、俺はせき込む。

「ごほっ……」

「むむ？　痛かったか？」

「ちょっとな」

「それは済まなかった。だが、そなたが悪いのだぞ？　妾を放って……うん？　疲れているか？」

なかなか目ざといな。否定しても怪しまれるだけか。

「まぁ、少しな」

「覇気がないのはいつも通りだが、顔色がよくないぞ？　何かあったか？　妾に話してみるがよい！　何でも解決してやろう！」

「大したことじゃない。最近、色々と問題が多くて疲れただけだ」

「なんと!?　それは大問題だ。妾の遊び相手が妾との遊び以外で疲れるなどあってはならんことだ！　妾への挑戦と受け取った！」

どんな思考回路しているのやら。しかも平気で俺を遊び相手と言いやがった。あくまで接待役なんだがな。

「さぁ！　どんなことでも悩みでも言うがよい！」

「はぁ……」

もう悩みを聞くモードだな。きっと何か言わなければオリヒメは満足しないだろう。だから俺は曖昧なことを言うことにした。

「どうやらシルバーが身動きが取れないらしい。困っていたら助けてやってくれ」

「噂《うわさ》の仮面の冒険者か。妾も気にしておったところだ。よし、承った！　妾に任せるがよい！」

そう言うとオリヒメはニコニコと笑いながらボールを取り出した。早く投げろと言わんばかりに尻尾を振る。

呆《あき》れながらボールを投げるとオリヒメはピョーンと跳ねるのだった。

6

アルがシルバーとして動いている頃。レオはレオで動いていた。

皇帝を自分だけでは動かせないと悟ると、帝都中の貴族の下を歩いて回った。どの勢力に属しているかは関係なく、だ。

下手をすれば自らの勢力作りと見られかねない行動だったが、レオは迷わなかった。すべては帝国のためだったからだ。

レオがやっていたのは署名集めだった。自分を主導とする嘆願書を書き、それに多くの貴族の署名を求めたのだ。

冒険者ギルドとの約束があれど、その冒険者ギルドが対応できていないのだ。関係が一時的に悪くなろうと、民を助けるべきだとレオは考えていた。そしてそれは多くの同意を得ていた。

多くの署名がなされた嘆願書を持ち、レオはマリーと共に廊下を歩いていた。

「マリー。僕はこれから宰相に会う。すぐに動けるように準備をしておいてくれ」

「承知いたしました。ですが……危険ではありませんか？　おそらく宰相閣下の意見は陛下と一緒かと」

「わかっているよ。けど、父上を説得できるのは宰相くらいだ。これだけの貴族が賛同している以上、宰相は無視できない。話は聞いてくれるはずだ」

「結果的に動くことを許可されたとしても、宰相の心証が悪くなりかねません。それは陛下の心証が悪くなるということです」

「品位を保てか……問題ない。僕は皇子として何ら恥ずかしいことはしていないのだから」

レオがそう言うと、マリーは軽くため息を吐《つ》いてから一礼した。説得は無理だと諦めたのだ。決めた以上、レオはブレない。それをマリーはよくわかっていた。

マリーと別れ、レオは宰相の部屋へと急ぐ。しかし、そんなレオを呼び止める者がいた。

「宰相に相談する気ならやめておけ。レオナルト」

「エリク兄上……それは警告ですか？」

「助言だ。父上は私たちに各国からの来賓の接待役を命ずるつもりだ。父上の意向に反して怒らせるな。お前がいなくなれば接待役が足りなくなる」

皇帝に睨《にら》まれた皇子。そんな者が接待役になれば来賓は自分たちがないがしろにされていると感じるだろう。ゆえに大国への接待役に使うわけにはいかなくなる。

「外務大臣として式典の準備は慎重に進めてきた。私の努力を無にするのはやめてもらおう。問題を起こすな」

「問題を起こしているんじゃありません。問題が起きているから対処しようとしているんです」

「帝国の問題ではない。冒険者ギルドの問題だ。首を突っ込むな」

「帝国で起きている問題です。見過ごせません」

「わざわざシルバーを外して、冒険者ギルドが失態を犯した。この一件で我々帝国は冒険者ギルドに貸しがつくれる。シルバーも父上が説得した。帝国に留《とど》まるだろう。今の犠牲に目を瞑《つぶ》れば、何もかもが上手《うま》くいく」

「同じことが今、モンスターの危機に晒《さら》されている人たちに言えますか？」

「言う必要などない。政《まつりごと》とはそういうものだ。大局を見ろ。父上も宰相も目を瞑っている。お前がしているのは足並みを乱しているだけだ」

エリクはそう言ってレオの前に立ちはだかる。そんなエリクをレオは真っすぐ見返した。

エリクの言葉は正論だった。最高位である皇帝がすでに方針を示している。補佐する宰相も

異を唱えない。それが最善だと判断したからだ。だが、しかし。

「皇帝の命令に、はいそうですかと言うだけなら皇子も臣下も必要ありません。意見を言える立場にいる以上、言うべき意見は言わせていただきます。僕は民のために動くべきだと思っている。それが利に反するというエリク兄上の言葉は理解できます。しかし、納得はできない。あなたの言葉には利しかないからだ」

「利以外に何を説く？」

「帝国全体で多くの騒動が起きています。民は苦しんでいます。それを見捨てるのは大義に反します。いずれ民の怒りが皇族に向きます」

「この一件で責められるのは冒険者ギルドだ」

「責められるのはそうかもしれません。けれど、必ず民の心に怒りが宿る。皇族がするべきことをしないからです」

両者の意見は平行線だった。

だからレオは一礼してからエリクの横をすり抜けた。

「アルノルトを少しは見習え。見捨てるべきを見捨てられない者など皇帝にはなれんぞ？」

「何もせずに見捨てることを僕はしない。すべてを救えないとわかっていても、足掻《あが》く努力はするべきだ。それで救える一人に価値がある。それは兄さんだって一緒です。あなたと一緒にするな。僕の兄さんは何もしないあなたとは違う」

そう言ってレオは宰相の部屋に向かったのだった。

■■■

「宰相、お話があります」

「これはレオナルト殿下。呼んでいただければこちらから出向いたのですが」

そう言いながら宰相フランツはレオを出迎え、自ら紅茶を淹《い》れてレオに差し出す。それをレオは受け取り、一息に飲み干す。

「お茶をしながらゆっくり話す時間は残念ながらありません」

「それは……残念ですな」

宰相はレオの真っすぐな目を見て、ため息を吐く。そしてレオが差し出した嘆願書を受け取ったのだった。

そこには民を助けるべきだという文章と多くの貴族の名が書かれていた。フランツの記憶では、レオに協力していないはずの貴族たちの名もあった。

短時間でこれほどの署名を集めてくるとは。

フランツはレオの行動力に舌を巻く。

「多くの貴族が賛同してくれました。冒険者ギルドに一任するのではなく、帝国としてモンスター討伐に動くべきです」

「事前に冒険者ギルドに一任すると決まっています。相談もなくそれを破るわけにはいきません。ご理解ください」

「破っているのは冒険者ギルドのほうです。モンスターに対応できていない」

「思った以上にモンスターが動きだすのが早かったのです。それを責めていては協力などできません。それに陛下の即位二十五周年式典も近い。ここでモンスター討伐に軍を動かすのは各国の警戒心を招くことになります」

「軍を使わなければいいのです。勇爵家を動かすべきです」

「確かに勇爵家の騎士たちは強者揃《つわものぞろ》い。しかし、滅多《めった》なことでは動かせません。軍以上に慎重な運用が必要なのはご存じのはず」

　勇爵家というのは帝国の切り札。ゆえに迂闊《うかつ》には動かせない。モンスターの討伐に動かすということは、それ以外でも動かすということだ。軍を動かす以上に各国を刺激するだろう。

「民が苦しんでいます。助けるべきだという意見に多くの貴族が賛同しています。動かすには十分な状況かと」

「……動かぬことが利となります。それはわかっていますね？」

「承知しています。ですが、動かぬことで生じる問題もある。宰相ならおわかりのはずです」

「……まさかあなたがここまで動くとは思いませんでした。品位を保てという命令があるにもかかわらず、堂々と陛下に食って掛かるとは」

「品位は保っています。立場が違えば意見も違います。父上の立場はわかります。だからといって、民を見捨てる選択を取らせるわけにはいきません。今は民を守るべき時です。各地で大きな事件が起きています。民は不安がっているのです。今こそ、民に寄り添うべき時なのです」

レオの説得を受けて、フランツはため息を吐く。そして何度か頷いた。

「良いでしょう。私から陛下に嘆願書を渡し、説得をしてみます」

フランツはそう言ってレオの頼みを引き受けた。レオと多数の貴族の頼みで動いたという形を取れば、フランツとしても名分が立つからだ。

「……ありがとうございます」

レオは深く頭を下げた。それを見てフランツは目を細めた。

かつて民のために精力的に動いた皇子がいた。その姿が今のレオに重なったからだ。

「アルノルト殿下は陛下の若い頃に似ておられますが……レオナルト殿下は亡き皇太子殿下に似ておられる。多くの人を巻き込む力は兄譲りというわけですな」

「光栄です。今は亡き兄上をずっと目指してきました。これからもそうであるつもりです」

「……辛《つら》い道ですな。皇太子殿下は割り切りのできる方でした。いざとなれば自分の信条を捨てられる強さを持っていた。あなたにそれができますか？」

「どうでしょうか……僕は甘い。自覚しています。それで多くの人に迷惑をかけています。ですが……信条を捨てない強さもあるのではと思っています」

「なるほど……そっくりというわけではないのですね。まぁそのほうが面白い」

そう言ってフランツは立ち上がった。このまま皇帝の下へ行こうと思ったのだ。だが、そんな時に慌てた様子で近衛《このえ》騎士が部屋に入ってきた。

「緊急ゆえご無礼はお許しを」

「何事だ？」

「各地で暴れていた強力なモンスターを帝都支部の冒険者たちがすべて討伐したと連絡が入りました」

「帝都支部の冒険者たちだと……？」

「シルバーが動いたのかい？」

「そこまではわかりませんが……おそらく」

「自分は手伝っただけ。討伐はしていないと言うつもりか？」

　呆れた様子のフランツは近衛騎士を下がらせた。そして再度椅子に座りなおした。

「無駄骨になってしまいましたな」

「無駄骨だとは思いません。僕は動くことを選び、シルバーもそれを選んだ。動かないことを選んでいたら、会わせる顔がなかったでしょう。帝国のために動いてくれるシルバーを失望させずに済んだとするなら……意義ある行動だったと思います。なにより僕が後悔せずに済んだ」

「確かに。その通りかもしれませんな」

　そう言ってフランツは嘆願書を机の中にしまう。もはや用済みの嘆願書だ。シルバーが解決したのだから。

　しかし、フランツはそれを机にしまった。

「それをどうするのですか？」

「あとで陛下に見せましょう。レオナルト殿下は皇子らしい振る舞いをしていると報告しておきます」

レオはそれを聞いて意外そうな表情を浮かべた。フランツは宰相という立場ゆえ、特定の帝位候補者に力を貸すことはしない。

そんなフランツがレオの印象が悪くならないように動いてくれるというのは、珍しいことだった。

「今回の一件。下手をすれば帝位争いを続けていると思われかねません。多くの貴族を取り込んだと見なされてもおかしくありませんからな」

「そう見なされてもおかしくないことをしました。父上の意見に逆らったのですから」

「覚悟の上で動いているのは承知しています。ですが、あなたの真っすぐさに免じて、今回のことがマイナスにはならないように私が動きます。以後お気をつけください。まぁ気をつけても、あなたは真っすぐに動くのでしょうが」

そう言ってフランツは笑う。そしてレオが出ていくのを見送ったのだった。

第四章　霊亀討伐

Episode 4

1

数日後。帝都には雷の勇兵団《グローム・ソルダート》を除くS級冒険者が集合していた。しかし、本来討伐予定のモンスターは帝都支部が討伐してしまっていた。

シルバーとして事情説明を求められていたが、俺は姿を現さなかった。面倒だし、これからまだやることがあるからだ。

北部から帝国に入った雷の勇兵団はなぜか連絡が取れなくなっていた。北部には最大の標的モンスターである霊亀がいる。

独断専行という言葉がどうしても浮かんでくる。安全策でS級に上り詰めた雷の勇兵団が危険を冒すというのは少々不自然だが、皇国の意向を受けていたとしたら不思議でもない。

そんなことを考えていると、突然、血相を変えたオリヒメが俺の部屋に入ってきた。それを見て俺はいよいよかと腰をあげる。

「どうした？　オリヒメ」

「妾《わらわ》の結界が……壊れた。おそらく霊亀が動き出したぞ」

「そうか……わかった。父上には俺から伝える。行くぞ、セバス」

「はっ」

「アルノルト……霊亀の身動きを封じていた結界は、時間稼ぎのための結界だ。予定ではあと三日は持つはずだった。まだ避難は終わってないであろう……民が危険に晒《さら》される。妾の結界が持たなかったせいだ……すまぬ」

　結界が壊れたことを察したオリヒメだからこそ、今の危機的状況をよく理解しているんだろう。

　その言葉はとても重かった。だが、それに対して俺は笑みで返す。

「大丈夫だ。帝国にも頼りになる奴《やつ》はいる」

　そう言って不安そうな表情を浮かべているオリヒメの頭を軽く撫《な》でると、俺はセバスとともに外に出た。そして。

「どうやら動かざるをえないみたいだな」

「なかなか休めませんな」

「しょうがない。さて、暗躍の時間だ」

「かしこまりました」

　そんなやり取りをしながら俺とセバスは玉座の間に向かったのだった。

2

俺の報告を受けた父上は、帝都に到着していたS級冒険者たちと、国の要人たちを城へ招集した。

これといって役職についていない俺は玉座の間を出たが、代わりにレオが玉座の間に入った。

それは好都合だった。理由をつけて退室しなくてよかったからだ。事は一刻を争う。結界崩壊の原因が雷の勇兵団の独断行動だろうが、別の理由だろうが関係ない。

大事なのは結界が壊れて霊亀が動き出したという事実だ。山が動くようなものだ。周りの民を助ける必要がある。

「じゃあ行ってくる。いろいろと誤魔化《ごまか》しは任せる」

「かしこまりました。行ってらっしゃいませ」

そう言ってセバスがシルバー姿の俺に頭を下げる。部屋には幻術を残した。あとはセバスがやってくれるだろう。しかし、俺は転移する前に立ち止まる。

「セバス……この秘密もそろそろ明かすべきだと思うか？」

それは初めての質問だった。だから答えが返ってこなくても別にいいと思っていた。

だが、セバスはすぐに答えを返してきた。

「良心が痛みますか？　秘密を保つのが辛いですか？」

「……そうだな。エルナはそろそろ怪しんできてもおかしくない。それなら」

「秘密を明かしたほうが楽だと？　あまり私をがっかりさせないでくださいませ。アルノルト様」

「セバス……」

「最初に明かすという手がありながら、それを取らなかった。ここまで秘密にしてきたのです。それを明かす理由が〝楽〟であってはなりません。決定的な利益を生み出してこそ、秘密は有効なのです。エルナ様に明かして、暗躍に協力的になったところで大した利益は生まれません。一度、秘密にすると決めたならば徹底的に秘密は守りなさいませ。レオナルト様に対して姿勢を貫けというならば、あなたもブレてはなりません。一度決めたのならば最後まで貫くべきでしょう。筋を通すというのはそういうことです」

それは説教だった。いつもの小言じゃない。

だから俺は素直にその言葉に頷いた。そうだ。俺は周りを欺くことを選んだ。それが辛くなったからといって途中でやめるくらいなら最初からやらなきゃいい。

レオにばかり注文をつけておいて、俺がブレるのはたしかにあってはならない。

「そうだな……筋は通すべきだな」

「はい。徹底的に秘密は守るべきです。時間をかけてあなたの秘密は重くなったのです。フィーネ様のときとはわけが違います。徹底的に誤魔化し、シルバーになりきるのがよろしいでしょう」

「ああ、わかった。そうするよ」

「幼馴染《おさななじみ》一人欺けないなら、エリク殿下を欺くのは不可能です。頑張りなさいませ。微力ながら私も力をお貸ししましょう」

「……頼りにしてる」

そう言って俺は転移でその場を後にしたのだった。

■　■　■

城の下層部に転移すると、そのまま玉座の間に向かって階段を上がっていく。

すれ違う人々は全員、ギョッとした表情を浮かべ、慌ててあちこちに走っていった。

そうこうしている間に玉座の間の前にたどり着く。

その前では俺の来訪を父上に伝えようとしたのだろう貴族が何人か立ち止まっていた。

中からは怒声が聞こえてくる。会議は紛糾しているようだな。貴族たちはその圧におされて玉座の間に入れなかったんだろう。

扉を守る近衛騎士たちも状況を察しているのだろう。俺の姿を認めると一礼して問うてくる。

「皇帝陛下が中におられます。失礼ですが、お名前を伺っても？」

「冒険者ギルド帝都支部所属、ＳＳ級冒険者のシルバーだ」

「冒険者カードを確認しても？」

言われて俺は冒険者カードを差し出す。

前回来たときはトラウ兄さんやフィーネもいたが、今は単身だ。見た目でシルバーだとわかっても簡単には通してもらえない。

「確認しました。しかし、今は大事な会議の最中です」

「扉を開けろとは言わん。勝手に入るだけだ」

そう言って俺は自分の手で扉を押して勝手に玉座の間に入る。

騎士たちも邪魔はしない。どうせ押し切られるだけだとわかっているからだろう。

「だから何度も言ってるだろうが！　無駄足はごめんだ！　霊亀は冒険者が担当する！」

そう言って強硬に主張するのは血のように赤い髪の粗野な男。背中には大剣を背負い、挑発的な笑みを浮かべている。

こいつがイグナートだろうな。皇帝の前だってのに礼儀のなってない奴だ。

「ですから何度も言ってるはずです！　イグナート殿！　今は手柄争いをしている場合ではないと！　霊亀はすでに動き出しました！　最大戦力での殲滅《せんめつ》が一番です。我が帝国の勇爵家にお任せを！　当初の計画ではそうだったはず！」

「計画なんてのはもう崩れたんだ！　白紙に決まってるだろうが！　帝国お抱えのシルバーが手柄を掻《か》っ攫《さら》ったんだからな！　自慢の勇爵家を派遣するにしても場所は国境近くだ。聖剣を振り回して国境を越えたら問題があるんじゃないか？　まさか他国の領域でも聖剣を振り回す気か？　モンスターを理由にそんなことしたら、他国から何を言われるかわかったもんじゃねえぞ？　霊亀は冒険者に任せろ！」

フランツとイグナートが互いの主張を激しくぶつけ合う。

霊亀の対応を帝国で行うというフランツの主張はよくわかる。だが、エルナを北の国境に派遣して万が一、ほかの国に進路を変えた場合が問題だ。

霊亀が国境を越えたら外交問題になるし、エルナも国境を越えられない。聖剣が使用できるとかできないとかの問題ではなく、モンスターを追うために仕方なくという前例を作るのがまずいのだ。

その前例を盾にして、聖剣使いが国境を越えてくる可能性がある。他国はそれを容認することはできないだろう。エルナをきっかけとして疑心暗鬼が引き起こされてしまう。

だが、かといって冒険者に任せておけば安心かといえばそうじゃない。彼らに任せられるなら最初からエルナを計算にはいれない。

勝てない可能性があるがために帝国最強戦力を組み込んでいたのだから。

「俺らに任せておけ！　俺らが一番適任で、俺らが一番強い！　デカいだけが取り柄のモンスターなんて楽勝だよ！　それともほかに適任者がいるってのか!?」

二人が言い合いをしていたせいか、誰も俺が入ってきたことに気づいていない。

だから俺は自分に気づかせるために一言告げた。

「適任者ならここにいる」

「あん？」

イグナートが髪と同じ色の目を俺に向けてきた。そして俺の存在を確認すると、軽く笑う。

「はっ、これはこれは……ＳＳ級冒険者のシルバー様じゃねぇか。何しにきやがった？　てめぇはお呼びじゃねぇんだよ。なぁ？　クライドさんよ」

そう言ってイグナートは傍《そば》にいたクライドに話を振る。クライドは苦々し気な表情を浮かべながら一つ頷《うなず》く。

「その通りだ。シルバー、お前は計画に参加できない」

「聞き間違いだったか？　計画は白紙に戻ったと聞いたが？」

「てめぇが勝手に動くからだろうが！　人の獲物を横取りしてんじゃねぇよ！」

「俺は討伐するなと言われただけだ。だから帝都支部で討伐した。何の問題がある？　帝都支部で討伐できたんだ。わざわざ他の地域の冒険者の力を借りる必要はない。ましてや遅参してくるような無能ならなおさらな」

俺の言葉を受けて、イグナートが嫌悪感を隠さない表情で俺を睨《にら》む。嫌われたもんだな。まぁこいつからしたら俺を含めたＳＳ級冒険者は目障りでしかないからな。

「討伐を予定していたモンスターが先に動き出した。先手を打つはずが、すでに後手に回っている。当初の予定に縛られるのは愚か者の行動だと思うが？　皇帝陛下」

「……冒険者ギルドとはお前を関わらせないという約束を結んでいる」

「それで民に犠牲が出ては本末転倒では？」

俺の言葉を受け、父上がクライドに視線を移す。

難しい立場に立たせられたクライドが顔をしかめる。ここで俺の参戦を許可すれば、冒険者ギルドの上層部の意向を無視することになる。それはクライドの立場を悪化させることになるだろう。

しかし、断れば冒険者の主義に反する。冒険者は民のために行動する。それが第一原則であり、なにより優先される。俺を含め、自由で身勝手な行動を取っても容認されるのは、それが民を救うからだ。

答えに窮したクライドを見かねて、父上が口を開こうとする。おそらくすべての問題を帝国が被《かぶ》ることで俺を参戦させようとしたんだろう。

帝国としては俺が参戦すれば多くの命を救えるうえに、事態の早期収拾が可能だ。俺ほど展開能力に長《た》ける冒険者はいないからな。

だが、そんな父上の前に声を発した者がいた。

「妾が雇おう」

それはいつもとは違う声だった。後ろを振り向くとそこにはオリヒメがいた。

そして。

「帝国と冒険者ギルドは当初の予定どおり計画を進めればよい。それとは別件で妾がシルバー、そなたを雇おう。妾の結界を壊した憎たらしい亀を一緒に討伐してほしい!!」

「なんだ？　このクソガキは」

「口の利き方に気をつけろ！　イグナート！　あの方が仙姫殿だ！」

「あれが仙姫⁉」

イグナートがクライドに指摘されて目を見開く。イメージとはだいぶ違ったようだ。

だが、今はそんなイグナートの印象なんて関係ない。オリヒメの依頼は非常に偉そうではあるが、帝国と冒険者ギルド、そして俺にまで配慮した優しい依頼だった。

これで言い訳ができた。帝国はオリヒメが勝手にしたことといえるし、それは冒険者ギルドも同じだ。

しかもオリヒメは仙姫と呼ばれる有力者。ギルドの上層部だろうと、気に入らないからといって何かすることはできない。

あるとすればせいぜい嫌がらせ程度だろうが、それも問題にはならない。

「……感謝する。仙姫殿」

「うむ！　もっと感謝せよ！　この貸しは大きいぞ！　我が国に何かあれば真っ先に駆け付けよ。そのぐらいしてもらわねば返せぬ貸しだ！」

どんな嫌がらせがこようと、俺が弾《はじ》き返《かえ》してやればいい。

「心得た。一度だけ――あなたからのどんな依頼でも無償で引き受けよう。竜だろうが魔王だろうが、このシルバーが討伐してみせよう。それでよろしいか？」

「おお！　太っ腹だな！　仮面の冒険者よ！　よき奴《やつ》と見た！」

「待て待て待て！　おい！　仙姫様よ！　ＳＳ級冒険者の個人指名には虹貨《こうか》が三枚必要だ！

小国には荷が重いと思うが？」

どうしても俺を関わらせたくないイグナートがそう言って、オリヒメの提案を却下しようとする。俺が自発的に受けることは許されない。あくまでオリヒメから指名されて仕方なく、という形が必要だからだ。

しかし、そんなイグナートにオリヒメは何かを投げつけた。

「虹貨三枚！　きっちり払ってやろう！」

「なにぃ!?　なんで持ってんだ!?」

「結界で霊亀を閉じ込めた報酬だな！　大陸最高の結界師！　それが妾《わらわ》だ！　当然、ＳＳ級冒険者並みの報酬をもらっておる！」

そうは言うが、オリヒメの目はなんだか名残惜しそうだ。痛くもかゆくもないというわけではないんだろうな。

「……仙姫殿。なぜそこまでする？　当初は乗り気ではなかったはずだが？」

父上の問いにオリヒメは笑顔を見せた。父上としてはオリヒメが突然、討伐に乗り気になったのが不思議なんだろう。

「前は前、今は今だ。あの時はお願いされていなかったからな！」

「願いとは？」

「アルノルトが悩んでおった！　シルバーが困っておると！　だから妾が助けてやろうと言ってやったのだ！　妾の滞在中、アルノルトは誠意を見せてくれた。誠意には誠意を。妾は友との約束は破らぬ！」

高い約束があったもんだ。父上もさすがに驚いている。だが、オリヒメらしいといえばオリヒメらしいな。

「では交渉成立だな。皇帝陛下。そういうわけだ。俺は仙姫殿の個人的な依頼で、北部に行くが……民を避難させる者が必要だろう。一緒についてくる者はいるだろうか？」

「しばし待て。何人か選抜する。ほかのS級冒険者は……どうする？」

「もちろんついていく！」

イグナートがそう言って同行を希望した。まぁ、気持ちはわからんでもない。でかい依頼だと思ってきたら、全部かすめ取られたわけだからな。冒険者ギルドは予定通り動くにしても、俺と移動速度で競うなんて馬鹿げている。同行するのが一番だ。しかし。

「妾は足手まといはいらぬ。ついてくるでない」

「なにぃ!?　ふざけるな！」

「ふむ……退《ひ》かぬか。まぁ妾は人気者だからな。一緒に戦いたいという気持ちはわからんでもないぞ！　ゆえに！　妾と共に戦うチャンスを与えよう。妾が用意した結界を突破できたらついてきてもよいぞ」

「なに……？」

「決まりだな。陛下。帝都支部で待つ。できるだけ早く人選をしてくれ」

「よかろう。それでよいな？　副ギルド長」

「問題ありません」

クライドは文句を言おうとするイグナートを抑えながら、そうやって頭を下げた。

こうして話はまとまった。あとは動くだけだ。

3

冒険者ギルド帝都支部。

そこを集合場所に指定した俺はオリヒメとともに先に移動していた。

なぜここを指定したかというと、オリヒメの結界を城の正門に張られても迷惑だからだ。

帝都支部の入口にはオリヒメの結界が張られており、イグナートがそれを突破しようと頑張っているが、びくともしない。ほかのS級冒険者は早々に諦めて城に戻っているというのに、ご苦労なことだ。

「ほう！　ここが帝都支部か⁉　なかなかセンスがよいではないか！」

「おい……シルバーが変なガキ連れてきたぞ……」

「関わるな。仮面つけてる変人の連れだぞ。ロクな奴じゃない」

「でも可愛《かわい》いぞ？　声かけてみるか？」

「やめとけ！　恋人とかだったらどうするつもりだ？　古代魔法で消滅させられるぞ？」

「さすがにシルバーもそこまでしないだろ……」

「とりあえずやめとけ。あいつは転移魔法の使い手だ。地味な嫌がらせされたらどうするんだ？　嫌いな物とか送り付けられるぞ？」

「あー、それはあるな。仮面つけてる陰気な奴だし」

誰が転移魔法で嫌がらせするかっ！

大声で否定したいが、それはシルバーのキャラに反する。俺はグッとこらえて受付嬢に話しかける。

「騒がしくしてすまない」

「いつも騒がしいので平気です。妹さんですか？」

「いや、依頼主だ。いろいろあってな」

「なっ⁉　ギルドを通さないでシルバーさんに依頼を受けてもらえるなんて……！　私たちだって結構無視されるのに……」

がっくりと肩を落とすのは受付嬢のエマ。見るからにテンションが下がっている。

ギルドの職員やギルドにたむろしている冒険者たちの視線が痛い。

「も、申し訳ない……次からは気をつけよう」

「本当ですか⁉　実はシルバーさんにやってほしい依頼が溜《た》まってまして！」

「また今度、まとめて片付ける。それでよいだろうか？」

「はい！　お待ちしています！　ところで」

「うん？」

受付嬢がギルドの端を指さす。

見ればオリヒメがなんか白い物を持っていた。少し視線を上げるとギルドに飾ってあった竜の牙の先が欠けていた。

俺の視線に気づいたオリヒメは一瞬、固まった。しかし。

「てへっ」

「あ――――!?!?　帝都支部の名物!!　竜の牙がぁぁぁぁぁ!?!?」

「おいおい!!　いくらすると思ってるんだ!?」

「そ、そんな大きな声を出すでない……ちょっと摑《つか》まったら壊れてしまっただけだ。脆《もろ》いのが悪い」

気にしたのは一瞬だけ。その後に悪びれた様子を見せないのはオリヒメらしい。

俺は深くため息を吐《つ》き、受付嬢に視線を移す。

「請求はどちらまで？」

「城に請求しておいてくれ」

オリヒメが仙姫であることは明かしていないが、俺に依頼できる時点で普通ではないことは受付嬢も理解しているんだろう。

驚くこともなく、ではお城に請求しますねと言って、その準備を始めた。たくましいことだ。

オリヒメはオリヒメで懲りずにギルドの中の物をあちこち触っては、中にいる冒険者たちに怒られている。

別に珍しいことじゃない。ここに来るまで俺とオリヒメは歩いてきた。オリヒメが自由に帝都を見る機会がないと言っていたからだ。

どうせ派遣部隊の選抜にはまだ時間がかかるため、ゆっくり歩いてきたが、その最中にオリヒメは問題を起こしまくった。隣に俺がいなきゃ大問題に発展していただろう。

自由なのも考えものだ。

「あ!?　こら!?　放すがよい!!」

「シルバー！　子守はちゃんとやれ！」

「このガキ！　勝手に俺のつまみを食いやがったんだ！　最後のチーズだったのに！」

「うむ、美味であったぞ」

「ちくしょー!!　シルバー！　責任取って奢《おご》れよ!!」

冒険者たちに腕を掴まれたオリヒメは足をバタつかせながら、火に油を注ぐような形で感想を口にする。ギルドでは市場には出回らない食材によるメニューもある。たぶんそれに目をつけて食べたんだろうな。

「シルバー！　妾はあのシュワシュワが気になるぞ！」

「子供にはまだ早い」

「むむっ！　子供扱いとは失礼な！」

「十分に子供でしょうが」

そうオリヒメの言葉を否定したのはエルナだった。

会議には参加せず、北部に急行する準備をしていたエルナだが、俺が参戦したことでこちらに合流しにきたんだろう。

見れば支部の入口に張られた結界が無くなっていた。エルナが斬ったのだろう。それを見てさすがのイグナートも項垂《うなだ》れている。

絶対的な実力差を見せつけられたのだからな。

そして、そのエルナの登場に驚いたのは支部にいた冒険者だった。

「エルナ・フォン・アムスベルグ!?!?」

「勇者がなんで冒険者ギルドに!?」

「やべぇぞ！　ついにシルバーと帝国最強の座を争いに来たんだ！」

「やりあうなら外でやれ！　いや帝都の外までいけ！　巻き添えはごめんだ！」

「おい！　シルバー！　あんたのせいだぞ！　帝都の守護者なんて挑発するような二つ名を名乗るから！」

「名乗った覚えはないがな」

わーわーと混乱して騒ぎ始める冒険者たちに俺は一言突っ込みつつ、そんなことをまったく気にした様子もなく睨《にら》みあっているオリヒメとエルナを見守る。

「だいぶ恐れられてるようだぞ？　日頃の行いが悪いのではないか？」

「そういうあなたは子供扱いされているけれど、内から湧き出る大物感がないんじゃない？」

「何を言う！　妾はあえて抑え込んでいるのだ！　妾が本気を出せば、すぐに妾が仙姫だと気づかれてしまうからな!!」

そう言ってオリヒメは胸を張る。

一拍置いて俺とエルナの話で盛り上がっていた冒険者たちが一斉に顔を青くする。

「仙姫――――!?!?」

「なんでミヅホの守護神がここにいるんだよ!?」

「おや? 気づかれてしまったな。隠しきれぬこの大物感が溢《あふ》れてしまったかっ!!」

「自分で言ったからでしょうが!」

オリヒメとエルナはさらに睨みあい、今にも殴り合いを始めそうな雰囲気を醸し出す。

それを見て、冒険者たちは一斉に距離をとった。

「な、な、なんなんだ……今日は……」

「大陸最硬と大陸最強がそろうなんて……矛盾の証明でもする気か……?」

「ああ……終わった。今日が帝都支部最後の日だ……」

さっきまでバカ騒ぎしていた冒険者たちもこうも続々と有名人が集まってくると、自由には振る舞えないようだな。とくにオリヒメはガキ扱いしてたしな。

そんな珍しい冒険者たちの様子を楽しんでいると、オリヒメが俺のほうに視線を向ける。

「シルバー! その目には妾たちはどう映る!?」

「どうとは?」

「無論、どちらが上かという話だ! そなたほどの慧眼《けいがん》ならば良さというものがわかるであろう！」

「ふん、そんなのシルバーじゃなくて子供でもわかるわよ、そうよね？」

二人がじっと俺を見てくる。さて、どう答えるべきか。

ふと視線が距離を取っている冒険者たちの顔を捉えた。全員が一斉に首を横に振った。つまり事を荒立てるなという意味だ。その意味をしっかりと理解した俺は一つ頷き、告げる。

「どちらが上かは俺には判断できない」

「なんだと⁉」

「見る目がないわね」

冒険者たちが一斉にホッとしたようにため息を吐く。

その瞬間を見計らって、俺はさらに言葉を重ねた。

「だが、どちらにも負ける気はしないということは言っておこう」

「⁉⁉」

声にならない悲鳴が帝都支部に響く。冒険者たちが一斉に俺の神経を疑うような視線を送ってくる。そして後ろからガタンという音が聞こえてきた。

見ればエマが泡を吹いて倒れていた。どうやら近くで行われる会話に精神が持たなかったらしい。ちょっと悪いことをしたな。

「おい……どうするんだ……」

「この状況でさらに挑発するなんて……馬鹿野郎が……」

「だからSS級冒険者なんて嫌いなんだよ……空気読めよ……」

冒険者たちは足を震わせながら支部の隅で固まる。

一方、オリヒメは目に見えて怒り顔で俺を睨んでいた。

「負ける気がしないとはどういうことだ⁉ 妾《わらわ》の結界は最高なのだぞ！」

「モンスターに破れるなら俺にも破れるだろうからな」

「へー、じゃあ私にはどうやって勝つ気かしら？ 聖剣の威力を見てなかったのかしら？」

「当たらなければどうということはない」

こうして三人での睨みあいが発生する。互いに一番は自分だと思っているため、退《ひ》くということはない。そんな緊張感の中、支部の前に大量の馬が到着した。

「ようやく来たか」

「遅れて申し訳ない。シルバー」

そう言って馬から降りたのはレオだった。

その後ろにはジークやリンフィアもいるし、近衛《このえ》騎士たちもいる。

送れるだけの戦力を送る気だな。

「まさかとは思うが皇子が直々に行くのか？」

「もちろん。エルナが国境で戦う場合、国外での聖剣の使用許可を出せる皇族が必要だし、意図を説明できる大使も必要だ。僕はその点に関しては適任だからね」

「戦闘に関与する気はないということか」

「そうだね。僕らの役割はあくまで避難の間に合わなかった民の救出だ。モンスターの討伐は君らに任せるよ。足手まといにはならないようにする」

「……そういうことならいいだろう」

そう答えて俺は騎馬団が突入できる転移門を作り出す。

しかし、それを通る前に支部にいた冒険者たちが声を上げる。

「おい！　シルバー！　また一大事っていうなら手を貸すぞ！」

「モンスター関連なら冒険者の出番だからな！」

「また帝都支部で解決してやろうぜ！」

それは頼もしい言葉だった。なにせ霊亀が動き出した以上、周りのモンスターも血相変えて動き出す。

そういう意味でも戦力は欲しい。だが、今回はその申し出を受けることはできない。ここにいる冒険者の多くは前回の戦いに参加している。疲れも残っているだろうし、そう何度も危険には晒《さら》せない。

「嬉《うれ》しい申し出だがやめておこう。今回は帝国としても威信をかけて解決しなければならない問題だ。それを冒険者が掻《か》っ攫《さら》っては皇帝陛下が不憫《ふびん》だからな。今回は彼らに手柄を譲ろう。まぁ……あまりに不甲斐《ふがい》ないならささっと俺が片付けてしまうが」

「言ってなさい。あなたの出番なんてないわ。せいぜい馬車代わりよ」

「ではお手並み拝見といこうか」

そう言ってエルナが真っ先に転移門をくぐる。それに続けとばかりにレオが率いる騎馬団が突入した。

そして。

「では行くとしよう！　安心するがよい！　帝国の民だろうと民は民！　妾がすべて守ってみせよう！　そして証明してやろう！　勇者より妾がすごいということを！」

「それは楽しみだ」

そう言って俺はオリヒメとともに転移門をくぐり、北部に移動したのだった。

4

俺たちが転移したのは北部の中では大都市にあたるロストック。

ここの冒険者ギルドには計画が伝えられており、霊亀の監視もここの冒険者ギルド支部が行っていた。

しかし、転移した先のロストックはもぬけの殻だった。支部の近くに転移門を設置したが、周りには人の気配がないし、支部の中にも人の姿は見えない。

「すでに避難したか」

「この規模の街が即座に避難を終えるとは……領主は前から準備しておったのだな。妾の力を信じていなかったとも取れるが、賢明ではあるな」

オリヒメが不満そうにしながらも領主の決断を褒める。たしかに賢明だし英断だ。

そんな領主が誰も残さずに街を去るとは思えない。

俺は宙に浮いて街全体を見渡す。すると馬に乗った臨戦態勢の騎士団が目についた。

向こうも俺の存在に気づいたんだろう。急いで彼らはこちらに駆け寄ってくる。

「騎士団が見えた。こっちに来るぞ」

「用意周到ね。盗賊対策と援軍が来たときの報告用ね」

エルナの言葉に俺は頷《うなず》く。そして騎士たちがすぐに俺たちの前に現れる。

だが彼らはこちらを警戒した様子で訊《たず》ねてくる。

「名を名乗ってもらおう」

「冒険者ギルド帝都支部所属、ＳＳ級冒険者シルバー」

「冒険者……」

騎士の中の一人が苦々しい表情を浮かべる。明らかに嫌悪の混じった表情だ。

それで俺は雷の勇兵団が何かやらかしたのだろうと察した。やはり突然の結界崩壊に冒険者が関わっていたか。

「シルバー殿。われらは主《あるじ》より援軍に対する説明役として残された。しかし……」

「冒険者は信用できないか。なら皇子に説明しろ。一体、何があった？」

俺は先手を打ってつぶやき、視線を後ろにいるレオに向ける。

ここでもたついている暇はない。

「第八皇子、レオナルト・レークス・アードラーだ。僕には説明してくれるかい？」

「で、殿下!?　ご無礼をお許しください！」

馬に乗っていた騎士たちがレオの姿を認めるとすぐに下馬する。

そんな彼らに対して、レオは優しく問いかける。

「礼儀は気にしなくていい。今は説明をしてくれ。何が起きたんだい？」

「はっ！　この街のギルド支部は結界に閉じ込めた霊亀の監視に当たっていました。聞いていた話ではあと数日は持つということでしたが、一部の冒険者がこの機に霊亀を討伐しようとし、霊亀を刺激したことで結界が崩壊してしまいました……」

「その冒険者たちは？」

「監視していた大勢の冒険者を含め、霊亀の攻撃で吹き飛ばされたそうです。生き残った一部の冒険者がすぐに街へ報告に戻り、領主様は最低限の荷物を持っての避難を決断し、民たちをこの場から離れさせせました」

「そうか……霊亀の様子は？」

「監視部隊を吹き飛ばしたあとは動きがないようです。ただ今まで閉じていた目はしっかりと開いており、確実に活動中です」

騎士の報告を受けて、レオは眉を顰《ひそ》める。レオとて事態を飲み込めていないんだろう。それでもレオはすぐに頭を切り替えた。今、するべきことをするために。

「街の避難は完了していても、小さな村の避難は完了していないはずだ。僕らはそんな村を見て回る。戦闘はそのあとにお願いしたい、シルバー」

「無論だ。しかし霊亀が動き出した場合はどうする？」

「なるべく足止めを念頭に置いて戦ってほしい。その間にできるだけの避難は終わらせる」

「それは結構だが、北部一帯のモンスターが危機感を覚えて動いているはず。すでにここは危険地帯だ。民を守りながらの避難は非常に難しいぞ？　足止めとなれば仙姫殿も勇者も霊亀に掛かり切りになる。もちろん俺もだ」

「そのために騎士たちと共に来た。僕らの心配は必要ない。逆に聞きたい。これは冒険者ギルドの失態と捉えることもできる。その失態を取り返せるのかい？」

　レオの言葉に騎士たちがギョッとした表情を浮かべた。

　それは紛れもなく挑発だったからだ。いくら一国の皇子とはいえ、ＳＳ級冒険者を挑発するのはやりすぎだといえる。だが、そんなことはレオも承知しているだろう。それでも挑発的な言葉を投げかけたのはシルバーを霊亀に集中させるためだ。

「ふっ……舐《な》められたものだ。伊達《だて》にＳＳ級冒険者を名乗ってはいない。対モンスター戦において絶対的な存在だからこそ、我々はＳＳ級冒険者を名乗っている。心配が要らないという言葉をそっくりそのままお返ししよう。冒険者ギルドの失態ならば俺が霊亀を討伐してチャラにしてみせる」

「そうかい。なら安心だ」

「そっちこそ大丈夫なのか？　民を助けに来て、おめおめと逃げ帰っては名声に傷がつくぞ？」

「問題ないよ。命が惜しいならこの場に立ってはいない。それは騎士たちも同様だ。あまり帝国騎士を舐めないほうがいい」

そう言うとレオは馬にまたがり、剣を引き抜く。そして。

「出陣する！　忘れるな！　これは民を避難させるための戦いだ！　一人でも多くの命を救え！」

レオの号令を受けて、騎士たちも剣を引き抜いて応じる。誰もが危険を承知でこの場に来た猛者たちだ。士気がそんじょそこらの騎士たちとは比べ物にはならない。

「案内を頼む！」

「はっ！」

ロストックの騎士たちにそう言ったレオは、彼らに先導を任せる。

そして最後に俺たちのほうを見て、一言つぶやいた。

「任せた」

それは俺とエルナとオリヒメの誰に向けた言葉だったのか。

三人に向けたのか、個人に向けたのか。だが俺たちはそれぞれの答えを口にした。

「任せておくがよい！」

「任された」

「もちろんよ！　レオも気をつけなさい！」

三者三様の答えを受けて、レオは軽く笑うと馬を駆けさせてロストックの街を飛び出ていった。そんなレオたちを見送ったあと、俺とエルナは目配せして宙に浮く。

このまま霊亀の監視に向かうつもりだった。

しかし、下でオリヒメが不満の声を上げた。

「わーらーわーはー飛べん！」

「……だそうだぞ？」

「そう。だったら留守番でいいんじゃないかしら？」

暗にお前が運べという意味でエルナに振ったのだが、エルナの返しはそっけないものだった。

呆《あき》れたようにため息を吐《つ》くと俺は下に降りて、オリヒメに手を差し出す。

しかし、オリヒメとしてはそれは不満だったらしい。

「どうやって妾を運ぶ気だ？」

「腕を摑《つか》んでだが？」

「痛いではないか!?」

「我慢しろ」

「ええい！　妾は依頼者だぞ！　ぞんざいに扱うことは許さぬ！」

そう言ってオリヒメは素早く俺の背後に回り込むと、俺の首に両腕を絡めた。

いわゆるおんぶの形になったわけだが、周りから見れば非常に間抜けだろう。

「降りろ。仙姫殿」

「これでいいではないか！　乗り心地も悪くない！　出発だ！」

そう言ってオリヒメは勝手に出発を指示する。

頑《かたく》なに降りないと言い続けるため、俺は諦めてそのまま宙に浮く。

すると空で待っていたエルナが馬鹿にしたような笑みを浮かべる。

「かっこよく決めてたのに残念ね。気づいている？　あなた、今相当間抜けよ？」

「うるさい」

「間抜けとはなんだ！　今、シルバーは妾《わらわ》の馬になったのだ！　光栄であろう！」

「このまま捨てるぞ？」

「なぜだ!?」

本気で驚くオリヒメに呆《あき》れつつ、俺はエルナとともに霊亀がいるであろう場所を目指した。

そこに案内なんていらない。とてつもなく大きな魔力の反応があったからだ。

この感じはたしかにやばい。かつて対峙《たいじ》したどのモンスターよりも強大だ。

エルナとオリヒメがいるとはいえ、周りを気にする余裕はないかもしれない。戦闘に集中するとなればレオの援護はできない。できれば無理せず、撤退してくれるといいんだが。

「無理な相談か」

「何の話だ？」

「こっちの話だ。掴まっていろ。落ちても拾わんぞ」

「おお!!　速い速い！　面白いぞ！」

はしゃぐオリヒメが近くにいるとどうも緊張感を保てない。

まぁこれでも大陸最硬の結界使いだ。

役には立ってくれるだろう。そうじゃないと連れてきた意味がないしな。

そんなことを思いつつ、俺は今にもずり落ちそうなオリヒメの足を掴んで、バランスを調整するのだった。

5

レオたちは一度も止まることなく、街から少し離れた村へ向かっていた。

霊亀がいつ動くかわからない以上、一刻の猶予もなかったからだ。しかし。

「くっ！　遅かったか！」

レオの視界に飛び込んできたのは慌てふためいて森から逃げてくる村人たちだった。

彼らは狼《おおかみ》型のモンスターに追われていた。必死に逃げる村人たちの手には荷物すらない。

霊亀の動きに触発されて活発になったモンスターが急に襲い掛かってきたのだろう。

レオの視界に、母親に手を引かれていた小さな女の子が映った。

必死に走る少女だが、母親についていけず足をもつれさせて転んでしまった。

「!?　ま、ママ――――!!」

「早く立って!!」

母親が急いで戻り、女の子を立たせようとするがその間に狼型のモンスターたちが追い付いてくる。

母親は女の子だけはと強く抱きしめ、狼型のモンスターから守ろうとする。

だが、狼型のモンスターは関係ないとばかりに二人に襲いかかる。しかし。

「やらせるかっ!!」

遠くから飛んできたレオの剣が二人と狼型のモンスターたちの間に突き刺さる。

そのままレオは加速し、スピードを緩めずに突進していく。

狼型のモンスターは武器を持たないレオに狙いを切り替える。だが、レオの目を見てモンスターたちは怯《ひる》み、硬直してしまう。

その瞬間を見逃さず、レオは地面に突き刺さった剣を引き抜いて、周りを囲んでいた狼型のモンスターたちを切り伏せる。

しかし、一人突出した形のレオの前には大量のモンスターがいた。

だが、レオは怯むこともせずに剣を構えて号令をかけた。

「――殲滅《せんめつ》しろ！」

戦場全体に通る声の後、その号令に応えるように騎士たちの突撃が始まった。

近衛《このえ》騎士を中心に精鋭揃《ぞろ》いのため、民の周りにいるモンスターは瞬く間に駆逐されていく。

先頭で剣を振るっていたレオが最後の一体を切り伏せると、周囲からモンスターの姿は消えていた。

「か、感謝します！　騎士様！」

さきほどの母親が娘を連れてレオに頭を下げる。

そんな親子にレオは柔らかな笑みを浮かべて応じる。

「いえ、お怪《け》我《が》はありませんか？」

「は、はい！　大丈夫です！」

「そうですか。あなた方で最後ですか？　ほかの村人は？」

「私たちの村の人間はこの一団だけです。ただ、東に進めばまだいくつかの村があります。そこがどうなったかは……」

「なるほど……全員準備を」

そうレオが命令を発するが、ロストックの騎士たちが反対の声をあげる。

「森の中に入るのは危険ではありませんか？」

「危険は承知だ。しかし、そこに民がいるなら見捨てない」

「ですが……殿下の身に万が一があれば」

「で、殿下!?」

騎士の言葉を聞き、母親はようやく自分が話していた相手が騎士ではなく、皇族であることに気づく。無礼を謝罪する母親に対して、女の子は無邪気に問いかけた。

「お兄ちゃん、偉い人なの？」

「こ、こらっ！　なんてことを!?　も、申し訳ありません！」

「いいんです。僕は偉くないよ。たまたま僕の父上が偉いだけさ。僕が偉いかどうか……これからの振る舞いで決まる」

　そう言ってレオはゆっくりと馬を翻し、鞘《さや》に収めていた剣を抜き放つ。

　森の中からは血の匂いにつられて多くのモンスターが現れていた。

「まずはこの場のモンスターを片付ける。ロストックの騎士たちはこの場の民の護衛につくんだ」

「殿下が殿《しんがり》をなさるおつもりですか!?」

「殿じゃない。先鋒《せんぽう》さ。僕らはシルバーたちが安心して戦うための露払いだ。彼らは民が傍《そば》にいては戦えない。彼らが全力を出せる環境を整えるためにも……民がいるならば僕らは行かなくちゃいけない」

　そう言うとレオはゆっくりと馬を進ませ始める。

　ロストックの騎士たち以外はレオに続いてゆっくりとモンスターの大群に向かう。そして。

「――民を守る！　続け!!」

　レオは先陣を切ってモンスターたちに突撃し、そのあとに騎士たちも続いたのだった。

■■■

　モンスターの大群に対して突撃したレオたちは、逃げる村人たちを追わせないように横に広がって戦っていた。

集団で戦ってはモンスターが抜けてしまうかもしれないからだ。しかし、その戦いは個人の能力に依存したものだった。

だがレオは特別指示を出すことはしなかった。

個人能力に依存して戦っても問題ない精鋭を連れてきた自負があった。

「まったく！　人使いが荒い皇子様だぜ！」

「無駄口を叩《たた》く暇があったら槍《やり》を動かしてください」

「真面目だねぇ」

そんな会話をしながらジークとリンフィアは近衛騎士たちに負けない勢いでモンスターを狩っていた。元々は冒険者である二人にとって、人間と戦うよりはこちらのほうが楽なのだ。特にジークは弱体化しているとはいえ、S級冒険者。雑魚がいくら集まろうと敵ではなかった。

「ほら！　近づくと命がないぜ？」

そう言ってジークは愛らしい見た目に反して獰猛《どうもう》な笑みを浮かべ、近づくモンスターたちを突き殺していく。一方、リンフィアは魔剣を槍に変化させ、モンスターたちを弱体化させながら効率よく狩っていく。

そんな風にモンスターたちを押し込んでいた二人は空からの異音を聞いて、同時に空を見た。

「ちっ！　鳥型か！」

「レッドレイヴンですね。Aランクのモンスターです」

「それが三体か」

空から巨大な烏《からす》が迫ってきていた。

二人が聞いたのはそのモンスターたちの羽音だった。冒険者である二人は突然現れた鳥型モンスターの厄介さを熟知していた。

通常であれば弓や魔法といった遠距離系の仲間の援護が必要な相手だ。

近衛騎士の中には魔法が使える者もいるだろうが、今から連携を組むのは無理がある。

「近づいてきたところを狩るしかありませんね」

「いや、そんな余裕はねぇ」

「ではどうするつもりですか？」

リンフィアの問いかけにジークは不敵な笑みを浮かべ、助走用の距離をとる。

そして、いきなりリンフィアに向かって走り始めた。

「オレが飛ぶ！　土台になってくれ！」

「嫌です」

「そんなっ⁉」

拒否しつつ、リンフィアは槍の端を持ち、ジークの土台にするための準備を整える。

一瞬、このままリンフィアに抱きつくのもありかなと考えていたジークは、リンフィアの冷たい目を見て大人しく槍を土台にすることを選択する。

「私の槍を土台にするんです。失敗したら鍋で煮ますからね」

「オレに厳しいね⁉　でもそういう冷たいのもちょっといいかなって最近思えてきたよ！」

「さっさと行きなさい」

リンフィアはジークを乗せたまま思いっきり槍を振りぬく。

そのまま弾丸のようにジークは空へと舞い上がる。そして。

「悪いな。オレは空も飛べる熊なんだ」

目標としていた一番前にいたレッドレイヴンの首を切り落とし、その胴体にジークは着地する。そしてそこから今度は跳躍し、横にいたもう一羽に飛び移る。

レッドレイヴンは避《よ》けようとするが、ジークはさせまいと羽を一瞬で切り落とす。

「おらっ！　最後だ!!」

そう言ってジークは最後の一羽に狙いを定め、そちらに向かって走っていき、高く跳躍する。

レッドレイヴンの上を取ったジークは降下する勢いをそのままに槍を突き出す。

「てりゃぁぁぁぁぁ!!!!」

ジークの槍が深くレッドレイヴンの体を貫く。

レッドレイヴンは悲鳴をあげて、空中で回転するがジークは振り落とされまいとこらえ、引き抜いた槍で首を切り落としてレッドレイヴンの命を取る。

「ふー、これでリンフィアちゃんも文句は言わないだろ」

汗を拭きつつ、ジークは落ちていくレッドレイヴンの体の上で満足そうな笑みを浮かべる。

だが降下していくレッドレイヴンの体の上で重大なことに気づいてしまった。

「あれ？　着地ってどうやるんだ？」

そのすぐあと、ジークの悲鳴とともにレッドレイヴンの体は墜落したのだった。

その様子を見ていたリンフィアは近くにいた騎士に声をかける。

「この場は私がやるので、生きてるかどうか確認してきてください。生きてたら回収してもらえると助かります。死んでたら放置で構いません。人類的には損失ではないので」

ずいぶんな言い方をするリンフィアに騎士は苦笑しつつ、馬を走らせて墜落した場所まで向かう。そして墜落の恐怖のせいで半泣き状態のジークを見つけ、あきれた様子で回収したのだった。

6

レオたちがロストックに着いた頃。さらに東には帝国軍が展開していた。

北部国境を守る北部国境守備軍から派遣された部隊だ。

その部隊を率いるのは守備軍の副将となっていたゴードン。受けた命令は霊亀の監視とできうるかぎりの民の救助。だが。

「今……なんと言いましたか……!?」

その司令部でソニアはゴードンの前に立って、机を強く叩いた。

それだけゴードンの指示は信じられないものだった。

「何度も言わすな。部隊の投入はしない」

「あの森の中には村があるという報告を聞いていないんですか⁉」

「聞いている」

「なら今すぐ救助の部隊を送るべきです！」

「霊亀のせいでモンスターが活性化している。そこに部隊を送り込めば、少なくない損失を被ることになる。今は少ない人材を浪費させるときではない」

そう言ってゴードンは両腕を組んで、意見するソニアを見据える。北部に飛ばされたゴードンは側近から切り離されていた。そのため、ソニアも貴重な人材として失敗の責任は問われず生かされていた。

多くの失敗の果てに殺されると思い、生きる気力を失っていたソニアだが、民の危機にあって再度気力を取り戻し、ゴードンに部隊の派遣を提案したのだが、こうして却下されることとなってしまった。

「浪費……？　民を守るのが軍人の役目ではないんですか⁉」

「部下を守るのが俺の役目だ」

「自分を正当化しているだけではないですか！　あなたに与えられた命令はできるかぎりの命を救うこと！　自ら剣を振るって民も助け、部下も助ける！　それくらいはやってみせるべきでしょう！」

「すでに結論は出た。変更はない」

ゴードンは邪魔だとばかりに腕を振る。

それを見て、衛兵がソニアの腕を掴《つか》むがソニアは鬼気迫る表情で衛兵を睨《にら》んで下がらせる。

「放しなさい」

「うっ……」

「……殿下。これが最後です。今すぐ部隊を率いて民を助けにいくべきです。それが皇帝への道です」

「しつこいぞ。俺は価値のない戦いはしない」

その言葉を聞き、ソニアは深くため息を吐《つ》いた。

玉座を目指す者として民を助けるのは当然だった。少なくとも全力を尽くすべき案件だ。皇帝となればすべての民を助けなければいけない。それが皇帝だ。しかしゴードンの目には民は映っていない。自分の部下のことばかり考えている。それはきっと帝位争いにおいて部下が必要になるからだ。

自分に必要のない者は守らないというなら、そんな者は皇帝にはなれない。

「やはりあなたは皇帝の器じゃない……」

「器かどうかはお前が決めることじゃない」

「そうでしょうね。ですがボクは決してあなたを皇帝とは認めない。民を守らない軍人も認めない。あなたは皇子として失格であり、軍人としても失格だ」

そう言い放ったソニアに対してゴードンは動かない。今すぐ剣を抜いて首を刎《は》ねてもいいが、それではただの無駄死にとなる。死ぬならばせめて自分の役に立ってもらわなければ。

そうゴードンが考えているとソニアはそんな考えを見透かしたように提案した。

「ボクが部隊を率いて向かいます。志願者だけの部隊です。あなたにとって邪魔なボクや不満分子を処理できますし、最低限の努力はしたという形も周りに見せられる。それでどうです？」

「ほう？　俺のために死ぬ気か？」

「あなたのためじゃない……ボクは……できることをやるだけだ」

それはグラウに言われた言葉だった。

できることをやれ。そう言われたソニアはずっと考えていた。

自分には何ができたのか。何ができるのか。そうして考えたときにソニアは養父の教えに立ち返った。ソニアの養父はソニアに軍略を教えた。それはソニアのためであり、民のためだった。

ソニアを助けたように、ソニアの養父は常に民のために動いた軍人だった。

だからソニアは養父の姿に憧れた。しかし、家族を人質に取られたあとのソニアは憧れた養父の姿とは程遠かった。

ソニアは常に五分五分の策を展開していた。どちらに転んでもいいという策だ。それはソニアに都合がよく、常に言い訳ができる策だった。それは養父の姿とはかけ離れた姿だった。

養父ならどうしていたか。きっと民のために一番は何かを考えて動いただろう。

どっちつかずの今までのソニアはコウモリのようなものだった。だからこそ、グラウはソニアを叱責した。やれることをやったとはいえないソニア。それなのにソニアは救われたいと願ってしまった。それでは誰も救ってはくれないし、誰も救えない。

一度死を覚悟したソニアの視界はクリアなものだった。ただ民のために。ここまで育ててくれた養父に恥じないように。

それが結果的に養父の死を招いたとしても。

「この軍略は……民のためにあるものです。あなたの剣も本来なら民のために振るわれるべきものだ。それを忘れた者には勝利はない。ボクがそうだったように」

「俺はお前とは違う。死ににいくというなら止めん。好きに死ね。俺のためにな」

ソニアはもはや言葉は意味がないと悟り、踵《きびす》を返す。

そしてそのまますべての兵士を集めて志願兵を募った。

三千以上の兵士の中で、ソニアとともに民を助けることを決意したのは三十七名。

ゴードン傘下の部隊としては奇跡的なほど多い数字といえた。

彼らを率いて、ソニアは森へと向かうのだった。

■■■

森に突入したソニアたちは大量のモンスターの襲撃を受けていた。霊亀という強大な脅威によって生存本能を刺激された彼らは常になく攻撃的で、混乱していた。

それらを迎撃しつつ、ソニアたちは森からの脱出を目指していた。

「もう少しです！　走るのをやめないで！」

ソニアたちは森の中でモンスターたちに襲われていた村人たちを発見し、保護することに成功していた。

その数は五十人以上。彼らを守りながら戦うにはソニアたちの数はあまりにも少なかったが、それでもソニアは的確な指示で彼らを守りぬき、森の外へと誘導していた。

「お爺《じぃ》さん。ごめんなさい、もう少し頑張ってね」

「いやいや、わしは平気じゃよ。娘さんのほうこそ大丈夫かね？」

ソニアは村の人たちとともに保護したドワーフの老人に声をかける。老人は森の中で迷子になったらしく、ちょうど通りかかったソニアたちが保護したのだ。

背が低い白髪の老人は、白い杖《つぇ》をついているため、ソニアは老人を気にかけていたが、そのたびに老人は大丈夫と返していた。

「しかし、娘さんはエルフなのに優しいのぉ」

「え？」

「わしはドワーフじゃから、エルフの娘さんに優しくされたのは久しぶりじゃよ。気の良い娘さんだ」

「ボクは……ハーフエルフだから」

エルフの話になり、ソニアは沈んだ表情でそう告げた。だが、ドワーフの老人は目を丸くしたあとに笑顔を見せた。

「そうかい、そうかい。なら納得だ。エルフは綺麗《きれい》で魔法も上手だが、閉鎖的なのが玉《たま》に瑕《きず》だ。その点、娘さんは人間の血も入ってる。綺麗で魔法も上手で、人間のように優しい。良いこと尽くしなんだねぇ」

「良いこと尽くし……？」

それはソニアにとって意外すぎる答えだった。ハーフエルフという存在をここまで良く捉える人物には出会ったことはない。しかも相手はエルフと犬猿の仲であるドワーフだ。

「お爺さんは……エルフが嫌いじゃないの？」

「嫌いな奴《やつ》はおるがのぉ。エルフにもいい奴はおる。人間も同じじゃ。一括《ひとくく》りにするのは安直じゃろうて」

「そっか……お爺さんは優しいんだね」

「優しいか……どうじゃろうな。わしは好きなように生きてきた。声に耳を傾け、その声に引き寄せられて旅をしてきた。その場その場で勝手に行動するだけのわしは優しいとは違うじゃろうて。その点、娘さんは文句なしに優しいのぉ」

「ボクも……優しくはないよ」

「優しいさ。誰かを命懸けで守っておる」

「ボクは……軍人だから」

正式に軍に所属したわけじゃない。それでも意識の上ではソニアは自分を軍人と捉えていた。養父がそうであったように。民を守る軍人でありたかった。

「それも一括りにはできんものじゃ。良い軍人もいれば悪い軍人もおる。娘さんは良い軍人だ。国の紋章が入った制服を身に着ける。そのことの意味をよくわかっておる」

老人はそう言うとソニアに笑いかける。

そしてすぐに前を見た。そこは森の端だった。

勢いよくソニアたちは森を抜ける。

だが、そこに飛び込んできたのはレオたちとモンスターとの乱戦だった。ソニアたちから見て、右斜め前で乱戦は繰り広げられていた。近い場所での戦闘に民たちが怯《ひる》む。

「これは……」

一瞬、何が起こっているのかわからなかったソニアだが、すぐに状況を整理する。

騎士たちがモンスターと戦っている。真横に広がって。

おそらくモンスターたちを後ろに行かせないために戦っているのだろう。

それだけわかれば十分だった。

「真っすぐ走って！　振り向かずに!!」

ソニアはそう伝えて、兵士たちには真横に広がるように伝える。向こうから来るモンスターを防がねばならないからだ。あのラインを保っているということは、あそこから先は安全地帯。

そこまで民を連れて行かないといけない。

そう判断したソニアはすべての兵士に弓を構えさせた。

「合図があるまで待機！　さぁ走って！」

民たちはソニアの言葉を受けて、恐怖を抑え込んで走りだす。

そんな中で老人は森の向こう側を見ていた。

「お爺さんも早く！」

「うーむ、わしが行きたかったのは向こうだったようじゃ」

「今は無理だから！　急いで！」

ソニアは自分が乗っていた馬に老人を無理やり乗せると、そのまま馬を走らせる。

「おおっと！　娘さん！　ちょいと無謀ではないか？」

「大丈夫……必ず守るから」

そう言ってソニアはこちらに目をつけたモンスターたちを引き付ける。

そしてギリギリのタイミングで合図を出した。

「撃て!!」

自らも炎の魔法を繰り出し、迫ってきたモンスターたちに攻撃を浴びせる。

一斉射撃によって、モンスターたちが怯む。その間にソニアはさらに指示を出した。

「十歩後退!!」

距離を開け、次の射撃の準備をさせる。時間を稼ぐには有効な手段だった。

しかしこの状況の打開策にはならない。

自らの安全を切り捨てた策といえた。それでもソニアはその策を選んだ。

どちらに転んでも構わない中途半端な策では誰も救えない。

今は民たちの安全が第一。そこをクリアしたあとにまだ力があるならば、策のかぎりを尽くして危地を突破すればいい。

「今日のボクはしつこいぞ……！」

ソニアは迎撃を繰り返し、モンスターを自分たちのほうに引き付ける。

その甲斐《かい》あって、モンスターたちの大部分はソニアたちに注意を向けることとなった。

乱戦状態が解除され、自由になったレオたちはソニアたちが走らせた民の保護に動く。

その中でリンフィアが意外そうな声を出した。

「お爺さん？」

「おおっ！　いつぞやの優しい娘さんではないか！　元気だったかい？」

モンスターに追われていたとは思えないほど、暢気《のんき》な声を出すドワーフの老人にリンフィアは困惑する。かつて南部で出会った迷子の老人。それがなぜここにいるのか。

「どうしてここに？」

「ちょっと昔にやり残した仕事を終わらせようかと思ってのぉ。森に入ったまではよかったんじゃが、一週間も森の中で迷ってしまって困っておったのよ」

「一週間も？　どうして道案内をつけないんですか……」

「優しい人は少ないもんじゃ。それで困っておったら、あそこの娘さんに助けてもらったのじゃよ」

そう言って老人はモンスターたちに囲まれるソニアを指さす。その姿を見て、レオが反応する。

「彼女は……たしか」

「知り合いかのぉ？　レオナルト皇子」

「え？　あ、知り合いというほどでは……あの、どこかでお会いしたことが？」

「子供の頃に一度会っておるよ。父親は元気かのぉ？　最近はあまり良い国の運営ができておらんようじゃが」

「え、あ、はい。元気ですが……」

「悲しむ者が多い国はいかん。わしを呼ぶ声は少ないほうがよい」

そう言って老人はゆっくりと馬から降りると、白い杖をつきながら少し前を見る。

視線の先ではソニアたちが大量のモンスターに囲まれていた。もはや脱出は不可能な状態だ。

そんな中にあって老人はゆっくりと白い杖をひねる。そのまま白い杖を引っ張ると中から仕込み刀が出現した。

それを構えて老人はつぶやく。

「〝やつ〟に気づかれるでなぁ。あまり振るいたくはなかったが……わしの助けを待つ者は見捨てられん」

そう言って老人は無造作に刀を振るう。

否、そう見えただけであり、実際は神速とも呼べる速度で何度も刀を振るっていた。そしてそこから発生した斬撃は正確に、そして無慈悲に、ソニアたちを囲んでいたモンスターたちを両断した。

一瞬で目の前のモンスターたちが倒れたのを見て、ソニアは驚いたように斬撃が来たほうを見る。そこにはドワーフの老人が悠然と立っていた。

「あなたは……？」

「わしの名はエゴール。ＳＳ級冒険者、エゴールじゃ。人は〝迷子の剣聖〟と呼ぶ。霊亀を討伐しに来た」

そう言ってドワーフの老人、エゴールは愉快そうに笑うのだった。

7

「むむっ！　大きいぞ！　もはや山ではないか！」

それが霊亀を見たオリヒメの感想だった。そして俺とエルナの感想でもある。

長い首に図太い手足。そして岩壁のような甲羅。その甲羅の上にはおそらく二百年のうちに形作られた本当の山がある。

ざっとだが高さも長さも数百メートルはあるだろうな。レヴィアターノが可愛《かわい》く思える大きさだ。形から霊亀なんて言われているが、こうしてみると甲羅を背負った竜といわれたほうがしっくりくる。

そんな霊亀は空から監視する俺たちを見ても動こうとしない。レオたちが周辺の住民を避難させるまで大人しくしてくれるなら正直助かる。

ここまでデカいモンスターとやりあうとなると高火力の魔法を使わざるをえない。周囲に配慮している余裕はない。

「動かぬな？」

「動いてほしいのか？」

「そういうわけではないが、生物の本能として脅威が近づけば警戒するものではないか？」

オリヒメの言い分はもっともだ。この三人がセットで近づいたのに変化なしというのはどういうことだ？　さすがに脅威だと感じるところだと思うが。

「まさか眼中にないとでも言いたいのかしらね？」

やや苛立《いらだ》った様子でエルナが霊亀を睨《にら》む。

舐《な》められたり、侮られるのをエルナは嫌うからな。しかも相手はモンスターだ。

今にも聖剣を召喚しそうな様子なので、俺はエルナに釘《くぎ》を刺す。

「闘志を燃やすのは構わないが、今は控えておくことだ。民を巻き添えにするぞ？」

「わかってるわよ！　うるさいわね！」

「これだから勇者は困るのだ。好戦的で周りが見えておらん」

「一言多いわねぇ……自分は周りが見えているとでもいうのかしら？」

「見えておるぞ！　そなたとは違うのだ！」

「じゃあ聞かせてもらえる？　周りを見て、何を得たのか」

「うむ！　妾《わらわ》はどうして霊亀が動かぬのか考えておった。そして答えを得た！　今、霊亀は眠いのだ！」

「……」

「……」

「二百年も眠っておったからな！　たぶん寝起きで体調が悪いのだろう！　だから妾たちに反応しないとみた！　妾も長く寝たときは頭が回らず、フラフラするからきっとその状態なのだ！」

　俺とエルナはオリヒメの意見を聞き、同時にため息を吐《つ》いた。ふざけていないのが余計性質《たち》が悪い。

「一意見として覚えておこう」

「覚えておかなくていいわよ。絶対違うから」

「なんだと⁉　では何だと言うのだ⁉」

「わかったら苦労しないわよ！」

「ではなぜ違うと言い切れる⁉」

　言い合う二人をよそに俺は霊亀の目を見る。こちらを見てはいない。どこか遠くを見ているように見える。間違いなく起きている。寝起きで体調が悪いとかそういう類ではないだろうな。

　俺たちを脅威と見ていないのは、俺たちに攻撃する意思がないことを感じているからじゃないだろうか。

こちらが攻撃する気満々ならきっと向こうも何かしらのリアクションをするだろう。

まぁそこらへんの事情はどうでもいい。

動かないなら好都合。レオたちを待つ時間ができるのはありがたい。

そんな風に結論づけていると、今まで動きのなかった霊亀の首が動く。レオたちがいる森のほうへ僅かに動き、そちらを凝視している。俺たちにも反応しなかった霊亀が何かに反応している。その異常さに俺はすぐさま探知結界を張って、周辺を調査する。

レオたちはモンスターと戦っていた。数十人の民を守っており、そこから少し離れたところになぜか帝国軍がいた。モンスターに囲まれている。

危うい状況だ。助けにいくべきかどうか。一瞬、考え込んだとき。

レオたちの傍《そば》で一気に魔力が膨れ上がった。

オリヒメもエルナも感じ取ったのだろう。何事かとそちらを向いている。

そしてそれに対して霊亀がゆっくりと口を開いた。その顔はどこか喜んでいるように見えた。

まるで好敵手を見つけたかのような顔だ。そして口の中に膨大なエネルギーがため込まれる。

「ブレスかっ！　飛ぶぞ!!」

俺はエルナの腕をとり、転移でレオたちの下へと飛ぶ。そこでは帝国軍とレオたちが合流しており、数十名の民もいた。だが、俺が驚いたのはその中にいたドワーフの老人の存在だった。

「エゴール翁《おう》。あなただったか」

「おお！　久しいな、シルバー」

簡単な挨拶。ＳＳ級冒険者同士の挨拶としてはひどく大人しいものだろう。

〝迷子の剣聖〟と呼ばれるこの白髪のドワーフはとにかく連絡がつかないＳＳ級冒険者だ。

人格に問題はない。強きを挫《くじ》き、弱きを助ける冒険者だ。だが、気ままに動き、ギルドの要請にも応えない。というかギルドも居場所を把握できない。

そういう意味での問題児がこのエゴールだ。齢《よわい》三百を超えるドワーフの長老であり、二百年以上も前からＳＳ級冒険者を務める最古のＳＳ級冒険者。

「聞きたいことがある」

「なんでも聞くといい」

「二百年前にしくじったのはあなたか？」

「そうじゃそうじゃ。お恥ずかしい」

そう言ってエゴールは頭をポリポリとかく。ちょっとした失敗のようなノリで話さないでほしい。おかげでＳＳランクのモンスターが誕生してしまった。

「仙姫殿」

「すでに張った」

俺の指示が出る前にオリヒメは強力な結界を前方に張っていた。

そしてどんどん森の向こう側から巨大な魔力が膨れ上がってくる。

それは一般人でもわかるほどの巨大で恐ろしいものだった。どうしてかわからないが、体が震える。そんな風に民は口にした。

生物としての本能だ。やばいと体が反応している。そしてすぐにそれは現実となる。

森の向こう側からとんでもない爆発音が聞こえてくる。それと同時に巨大な黒い球がこちらに向かってくる。

それは一瞬で森を壊滅させ、オリヒメが張った結界と衝突する。強い光が発生し、嵐の中にいるような轟音《ごうおん》が耳に届く。ぶつかり合いは長く続き、やがて光と音が過ぎ去っていく。

「う、そ……」

誰かがつぶやいた。

周囲の地形が変わってしまっていた。目の前にあった森は壊滅し、霊亀とこちらを隔てるものがなくなっていた。

すっきりした地形により、遠くにいる霊亀の姿がはっきりと見て取れた。

赤い瞳がこちらを真っすぐに捉えている。

「どうやらエゴール翁を待っていたようだな」

「そんな気がしておった。だからバレないように近づこうと思ったんじゃがのぉ」

「そういう意図があったなら俺のところに来てほしかった」

「一週間迷ったあたりでその案が頭に浮かんだが、時すでに遅しじゃった。まぁわしの方向音痴は筋金入りじゃからのぉ。仕方ないことじゃ」

わっはっはと笑うエゴールに呆《あき》れつつ、俺は転移門を作り出す。

ロストックの領主は民を連れて、ほかの街に移った。その街への転移門だ。

安全とは言い切れないが、ここにいるよりはましだろう。

「救助活動は終わりだ。すぐに飛べ。そしてその街の住民にも避難の準備をさせろ」

「君がそこまで言うってことは、相当まずいのかな？　シルバー」

「ああ、そうだ。ギルドはＳランクモンスターと想定していたようだが、あれは確実にＳＳランクモンスター。通常ならＳＳ級冒険者が複数呼ばれる類の超危険モンスターだ。まぁ偶然ではあるが、ＳＳ級冒険者が二人揃《そろ》ったうえに、それに匹敵する戦力が二名いる。やってやれないことはないだろうが――近くにいる人間を巻き込まない自信はない」

だから早く行け。そう伝えるとレオはすぐに民を転移門に入らせた。

幸い、オリヒメの結界はまだ生きている。さすがは大陸最高の結界使いというべきか。あの短時間で霊亀のブレスを受け止めて、完璧に防ぎ切る結界を作るとは。

だが、オリヒメは不満そうだった。

「なにか問題でも？」

「あやつ……本気ではなかった。なのに妾の結界をかなり削りおった。許せん……！」

「あれで本気じゃないのか……前と比べてどれくらい力をつけている？　エゴール翁」

「前はまぁまぁ強かったが、今はかなり強くなっておるのぉ。そもそも前はあそこまでデカくはなかった」

エゴールの言葉を聞き、俺は小さくため息を吐く。単独でやるにはあまりに危険だろう。壮絶な殴り合いにでもなれば、帝国北部が壊滅しかねない。できるだけ早く止《とど》めを刺さなきゃいけないし、万が一にでも仕留めそこなうことも許されない。

「手を組むとしよう。バラバラで戦うのは得策ではない」

「そうみたいね。ここは私が指揮をとるわ」

「何を言う！　ここは妾が指揮をとろう！」

「何を言うておるのじゃ、娘さんたち。ここは年長者であるわしが」

「俺が指揮をとる。前線の二人は指揮を出すには適さないし、仙姫殿は結界で攻撃を封じる役割がある。遊撃手となるのは俺だし、転移もできる。異論は認めん」

　果たして協調性というものがあるのか疑問な三人だが、上手《うま》くこいつらを使わないと帝国は大打撃を受ける。やるしかない。

「このメンバーでパーティー戦というのは不安でしかないが、それだけの相手だ。負けたら全責任は俺が取ろう」

「あら？　負けなんて考えてるの？」

「面白いことを言う。本当に負けると思っているなら責任なんて口にはしない。言っておくが、これでも今まで誰にも負けたことがないのだよ。シルバーという男は」

　そう言って俺はゆっくりと前に出る。すでにレオたちは転移門で避難した。ほかに生存者がいるなら申し訳ないが、もはや助けられない。

　ここから先はそういうレベルの戦いではない。

「さて、やるか」

そう俺がつぶやいたとき、霊亀もかかってこいとばかりに強烈な叫びをあげたのだった。

8

《我は天意を代行する者・我は天と地の法を知る者・断罪の時来たれり・咎人《とがびと》は震え罪無き者は歓喜せよ・我が言の葉は神の言の葉・我が一撃は神の一撃・この手に集まるは天焦がす劫《ごう》火《か》・天焔《てんえん》よ咎人を灰燼《かいじん》と化せ――エクスキューション・プロミネンス》

巨大な魔法陣が浮かびあがり、輝く炎の閃光《せんこう》が霊亀に向かって放たれる。

挨拶代わりの一撃だ。かつてマザースライムごと山を燃やし尽くした魔法だが、霊亀に効くかどうか確かめるための一撃だ。

霊亀は俺の魔法を避《よ》けようともしない。まぁあの巨体で避けるような動きができたら驚きだが。

「おお!? 直撃ではないか! やったか!?」

「いや……」

「全然効いてないわね」

土煙から霊亀が現れる。少しはダメージが入ったかと思ったが、本体はノーダメージだ。甲羅の上にあった山は吹き飛んだが、霊亀からすれば邪魔な物を吹き飛ばしてくれてありがとうってところか。これは高火力の魔法を連発しないとどうにもならなそうだな。

「とりあえず向こうの手を見たい。エゴール翁」

「承知」

俺の言葉を受けて、エゴールは一気に霊亀に詰め寄る。そして足をそのまま登り始める。

狙いは首とその先にある顔だろう。さすがの霊亀もそこは他より防御が薄いだろうからな。

だが、それを許すほど霊亀は悠長でもなかった。

一度は深手を負わされたエゴールが相手だ。その反応は激烈だった。

「むっ？」

エゴールは高速で走る中で、横から飛んできた何かを飛んで躱《かわ》す。それは鱗《うろこ》だった。

霊亀の甲羅についている鱗が飛んできたのだ。それも一枚じゃない。数百、もしかしたら千にも届くかもしれない鱗が自律して攻撃を仕掛けてくるのだ。

俺の魔法をものともしない鱗だ。ひとたび高速で飛んでくれば名刀以上の切れ味を誇るだろう。エゴールは面白いとばかりにその鱗の攻撃を迎え撃った。

「甘いわ!!」

次々に襲い掛かってくる鱗をエゴールは苦も無く弾《はじ》いていく。

そして一連の攻撃をすべて防ぎきってしまった。大陸中にいる剣士たちなら、剣聖の妙技に拍手を送るところだが、あいにく今この場にいるのは剣に興味がない魔導師と仙姫、そして同格の勇者だ。加えて相手は霊亀。その程度の剣術では突破口にはならない。

「おやまぁ」

エゴールは小さくつぶやく。視線の先ではさきほどの倍はある鱗が突撃準備をしていた。

これではキリがないだろう。

俺は転移でエゴールの傍へ飛び、元の場所に連れ戻す。

「仙姫殿」

「心得た!!」

飛来してくる無数の鱗に対して、オリヒメは全方位に結界を張る。

エゴールを追ってきた鱗たちはオリヒメの結界を突破することができず、大人しく霊亀の下へ帰っていき、最初の攻防は終了した。

「で？　どうするのかしら？」

「遠近の防御は完璧みたいだな。掻《か》い潜《くぐ》る自信は？」

「五分五分じゃな。あれだけ数が多いとどこかで足を止められる」

「足を止められたら全方位からの攻撃ね。防げなくはないけど、攻撃の機会は失うわ」

「役に立たん剣士たちだな。剣聖と勇者が聞いて呆れるぞ？」

オリヒメがいらんことを言ってエゴールとエルナを挑発する。

エゴールは手厳しいのぉなんて笑っているが、エルナは眉間に皺《しわ》を寄せて、ガンをつけている。毎度恒例の女ならしちゃ駄目な顔だ。

「守るしか能がないのに生意気ね」

「なにぃ？」

二人の視線が激しく交差する。まったく霊亀を前にして喧嘩《けんか》とか、暢気《のんき》な奴《やつ》らだ。

「とはいえ、どちらも個人で打開は不可能だ。そんなこともわからないなら俺は君らを転移で後方に飛ばさなきゃいけないが？」

「……わかってるわよ」

エルナが拗《す》ねたようにそっぽを向く。

オリヒメも不満そうな顔をしつつ、俺の言葉に反論はしてこない。

こいつらを上手く使わないと最悪の消耗戦だ。こんなところで喧嘩なんてされては困る。

「個人で打開は不可能だとして、どう崩す気じゃ？　シルバー」

「遠距離から崩したところで防御は突破できない。狙うは弱点への攻撃だ」

「顔かしらね」

「そうじゃな。首にも鱗がある。日か口あたりじゃろうな」

「俺は女勇者のサポートに回る。仙姫殿はエゴール翁のサポートを頼む。二人一組で攻めて、顔を狙う。主攻は剣士組だ」

簡単な作戦を伝えると全員が頷《うなず》く。細かい作戦はなしだ。そもそも霊亀がどんな手を隠しているかもわからない。個人の能力任せで対応していくしかない。実際、それができる面子《メンツ》ではある。

「好きに動け。こちらが合わせる」

「言われなくてもそうするわよ。対応が遅れるようなら置いていくわよ？」

「こっちの台詞《せりふ》だな。あまりにもお粗末ならサポートはしない」

「なんですって⁉　そこはしなさいよ！　私のフォローをするのが仕事でしょ⁉」

「安心せよ！　剣聖！　妾《わらわ》が守ってやろう！」

「嬉《うれ》しいのぉ。誰かに守られるのなんていつぶりだろうかのぉ」

「うむ！　ドンと構えておれ！　ただうっかり結界を張り忘れたら許せ！」

「サポート役がどっちも不安なのはなぜかしら……」

剣士組だって変わらんだろうに。そんなことを思っていると、エルナは呆れたようにため息を吐《つ》くとゆっくりと右手を天に向かって伸ばす。

「我が声を聴き、降臨せよ！　煌々《こうこう》たる星の剣！　勇者が今、汝《なんじ》を必要としている‼」

白い光が天より落ちてくる。

それはエルナの手に掴《つか》まれ、やがて白い光が薄れて輝く銀色の細剣へと変わっていく。

五百年前、勇者が魔王を倒したときに使った伝説の聖剣・極光《アウローラ》。流星から作られたと言われるそれは、万物を切り裂き、魔の存在を一切許さない。

およそ考えうる限り最強の剣だ。エゴールはエルナよりも経験があるだろうが、エルナにはそんなもの軽く吹き飛ばしてしまう単純な力がある。

聖剣を持ったエルナの攻撃力は大陸一であることは間違いない。

ただそんなエルナであっても霊亀の防御を真っ向勝負で突破しようとするのは分が悪い。

聖剣は大陸最強の武器であるが、エルナとてすべてを扱いきれているわけじゃない。初代勇者ほどには使いきれてはいないだろう。エルナ自身が昔、そう言っていた。召喚できるからといって使いこなせているわけではないと。

「聖剣か。久しぶりに見たのぉ。その若さで召喚できるとは大したものだ」

「お褒めにあずかり光栄です。エゴール翁《おう》」

「待て待て。妾に対する態度となぜ違う？」

「剣を扱う者として達人には敬意を払うわ。当然でしょ？」

「妾がこんな迷子老人より劣ると言うのか⁉」

「迷子は関係ないわ。剣聖は剣聖よ。結界だけの仙姫とは違うのよ」

「ムッキー‼」

「わっはっは‼　愉快な娘さんたちだ！」

「頼むから集中しろ……」

緊張感が欠片《かけら》も感じられないのはなぜなのか……。

まぁ悲壮感が漂うよりはましか。それにどれだけふざけていても、大陸屈指の実力者たちだ。気持ちを入れるところはわかっているだろう。そんな風に考えているとエルナとエゴールがゆっくりと歩きだす。すでに纏《まと》う雰囲気がさきほどとは違っている。

ピリピリした空気を纏った姿は刃《やいば》に近い。それに触発されたのか、オリヒメもすでに臨戦態勢に入っていた。その姿は獲物に向かう獣に近い。

　その姿に安心しつつ、俺はエルナの前に転移門を開く。

「武運を祈る」

「必要ないわ。あなたに祈ってもらわなくても私のために祈ってくれる人はいる。私は何者にも負けない――私は剣だから」

そう言ってエルナは転移門に飛び込む。するとエルナは霊亀の真上に転移した。それを見てエゴールも真っすぐ霊亀に突っ込んでいく。

空と地上。大陸最高の剣士たちによる同時攻撃だ。

それに対して霊亀は大きく吠《ほ》えて、鱗で迎撃を図る。

エゴールは何枚か弾き飛ばしたあとに大きく跳躍する。そして空中で静止した。

いや、静止ではなく着地か。オリヒメが結界で足場を作ったのだ。だが、そんなエゴールを鱗が包囲する。

しかし、鱗はいつまで経《た》っても動かない。

「守るだけが結界の使い方とは思わぬことだ」

オリヒメは一つ一つの鱗を小さな結界に閉じ込めて、動きを封じたようだ。

絶対の防御に一つ隙が生じる。それを逃さず、エゴールが突撃していく。

一方、空ではエルナが降下しながら鱗を迎撃している。だが、数が多い。すぐにエルナの周りには大量の鱗が集まってくる。その瞬間、俺は自らを転移させる。場所はエルナの隣。

「ここは引き受けよう」

「あら、気が利くわね」

そう言って俺は新たに転移門を開く。エルナはそれを通って鱗の包囲を抜ける。

俺は自分の周りに無数の風の弾を生成し、襲い掛かる鱗の迎撃にあたる。

俺を無視することもできない霊亀は鱗を戻すことはできない。

そして防御が薄い中で、エゴールとエルナの攻撃を受けることになる。

さて、どう対処する？

9

霊亀は残る鱗で迎撃を図る。だが、半端な迎撃で止められるような二人じゃない。

迫る鱗を二人は掻い潜り、霊亀の顔に肉薄する。狙うは目だろう。

「はぁぁぁぁぁ!!」

「ぬん!!」

二人の渾身《こんしん》の突きが霊亀の目に迫る。

通った。そう思った瞬間、二人の動きが空中で止まった。

「ぐっ!!」

「ちっ!!」

二人は顔をゆがめて動こうとするがビクともしない。そして二人はそのまま地面まで急降下していく。なんとか着地した二人だが、その場から動くことができない。まるで重りを乗せられたような動きだ。

「重力か……!!」

鱗を迎撃しながら俺は霊亀の能力に気づく。

この鱗を操っているのもその能力の応用か。そうなると二人がまずい。重力関連の能力なら下に向けた攻撃のほうが威力は格段に上がるからだ。

俺の周りにあった鱗が一気に霊亀の顔付近に集まっていく。

そして鱗は集結して、二本の巨大な槍《やり》に変わる。

そのままその槍は一気に二人に急降下していく。

「調子に乗るな!!」

俺は転移門をエルナの近くに開き、鱗が集結した槍を呪鎖で縛りつける。

急降下していく槍は呪鎖によって動きを止め、その間にエルナは転移門に移動して重力の効果から逃れる。

エゴールのほうはオリヒメが張った結界によって槍は止められ、エルナ同様に重力から逃れたようだ。

そうなると俺が一番危険な位置にいることになってしまう。

さっさと呪鎖を解除して、俺は霊亀の傍《そば》から離れて、残る三人を転移で集結させた。

「なかなか厄介な能力を持っているようだな」

「まいったまいった。びっくりして数年来の肩こりが治ってしまったようじゃ」

わっはっはとエゴールは告げる。

びっくりして肩こりが治るってどんな体質しているのやら。

俺はエルナに視線を向けると、エルナは悔しさを隠そうともせずに霊亀を睨《にら》んでいた。

「私を地面に叩《たた》きつけるなんて……屈辱だわ！」

「やる気は萎えていないようでなによりだ」

「萎えるわけないでしょ！　絶対に斬ってやるわ！」

「言《い》うは易《やす》く行《おこな》うは難《かた》しという。あれでは容易には近づけぬと思うのだが？」

オリヒメがそう疑問を投げかける。

挑発ではない。無策では意味がないということだろう。

まったくもってそのとおりだ。気持ちで突破できるならさっきので突破できている。

「同じやり方では同じ結末だろう。攻め手を変える必要があるな」

「どうするのよ？」

「近づいてからの弱点への攻撃では相手の防御を突破できない。ならば外から仕掛けるしかないだろう」

できれば避けたいところだったが、全力で霊亀の防御を突破するしかない。

この面子で総攻撃をかけたら地形が変わるだろう。しかし、もはやそこらへんに配慮はしていられない。

ここで止めないと北部の都市に被害が出る。

しかし。

「とはいえ、その前に防御に専念したほうがよさそうだ」

畳みかけるチャンスと見たのだろう。

霊亀は集結させていた鱗《うろこ》をまた一枚一枚に戻して、自分の周りに散らせていた。

何をする気なのやら。

「何が来ようと妾が防いでみせようぞ！」

「そうしてくれるとありがたい。総攻撃前に力は使いたくないのでな」

「そうね。守りは全部任せるわ。そこが長所なわけだし」

「そこしか長所がないように言うでない！　妾には無数の長所があるぞ！」

「あら？　そうだったの？　じゃあ参考までに聞かせてもらえる？」

「よくぞ聞いた！　妾の長所の一つ目は耳が可愛《かわい》い！　二つ目は尻尾が可愛い！　三つ目は妾はとっても可愛い！」

「外見だけじゃない！　今は役に立たないでしょうが！」

「四つ目は年の割に胸が大きい！　そなたよりは全然大きいぞ！」

「なんですって⁉」

はぁ……。

これから敵の攻撃が始まろうってのによくそんなくだらないことを言えるな。

こいつらは魔王が相手でもこんな言い合いをする気がする。

「エゴール翁。剣聖と呼ばれるあなたは三度も機会があれば何でも斬れるという噂《うわさ》だが、そろそろ鱗を斬れそうか？」

「ふむ、まぁ硬さは覚えた。次は薄紙のように切り裂いてみせよう」

そう言ってエゴールは闘志に満ちた表情を見せた。

それが剣聖と呼ばれるエゴールの本当の顔なんだろう。

どれだけ好々爺《こうこうや》のように振る舞っていても、その本質は剣士だ。自分の刃を防ぐモノを容認するほど穏やかではないだろう。

　エゴールほどの達人が虚勢を張るとも思えないし、実際に感触をつかんでいるんだろう。

となると。

「女勇者。聖剣を全力で振るえるか？」

「なに言ってるの？　当たり前でしょ？」

「俺が言ってるのは聖剣の力をさらに引き出せるかという意味だ」

「……ずいぶんと聖剣に詳しいのね？」

「古代魔法を習得する際に聖剣についても学んだのでな。どうなんだ？　魔王を倒した聖剣だ。この程度ではないのだろう？」

「そうね。聖剣にはいくつかの封印が施されてるから、それを外せばさらに威力は上がる。けど……それをすればきっと地形が変わるわ」

「心配はもっともだな。同じ心配をしていた。だがあれをそのままにもできない。覚悟を決めろ」

俺の言葉にエルナは静かに目を瞑《つぶ》ったあと、ゆっくりと頷《うなず》く。

エルナが本気で聖剣を振るえば被害は避けられないが、霊亀を放置しても被害は増える一方だ。

そう考えていると霊亀が口を開く。最初のブレスだろう。

俺たちは身構えるが、霊亀は溜めこんだブレスをすぐには放たない。

そして霊亀は限界まで溜めこんだブレスを空へと放った。

「むむっ⁉　二百年で耄碌《もうろく》したか⁉」

「そんなわけないでしょ！　落ちてくるわよ！」

エルナの言葉どおり、一度空に放たれたブレスは拡散して、無数の球体となって空から降ってきた。

まるで隕石《いんせき》群だ。

しかもさらに厄介なことにその球体の軌道を調整するために鱗がいくつもの盾のように変化して、落ちてきた球体を弾《はじ》いて不規則な軌道を作っている。

光を反射する鏡のように鱗の盾は黒い球体を弾き、俺たちに向かうように仕向けている。

「これは困った！　全方位ではおそらく持たん！」

「それが狙いだろうな！　できるだけ回避しろ！」

俺は指示を出して、その場を移動する。

拡散しているとはいえ霊亀のブレスだ。いくらオリヒメの結界でも全方位に力を振ってしまえばいずれ突破されてしまう。

オリヒメとエゴールは左に、俺とエルナは右に飛んで黒い球体を躱《かわ》す。

だが一撃だけでは終わらない。二つ、三つと球体は俺たちを追ってくる。

そんな中で俺はエルナを連れて転移しようとするが、エルナの視線は別のところに釘《くぎ》付けになっていた。

その視線の先を俺が追ったとき。

すでにエルナは全速力で駆けていた。

「嘘《うそ》だろ……」

エルナの視線の先に居たのは二人の子供だった。

男の子と女の子。どこかで親とはぐれたのだろう。

空を見て二人は茫然《ぼうぜん》としている。

霊亀が放った黒い球体はあちこちに着弾しており、その余波だけで子供たちは容易に吹き飛ばされてしまうだろう。

だからエルナは駆けた。子供たちを守るために。

だが、それはこの状況下では致命的な隙となる。

「待て！　エルナ！」

俺の声は降りかかる黒い球体に遮られる。

舌打ちをして俺は転移門を開くが、その間にもエルナは危険を覚悟で進み続ける。

そしてエルナの少し先、子供たちがいる場所に黒い球体が向かっていく。

間に合うか間に合わないかギリギリのタイミングだ。

そんなことはエルナも承知の上だっただろう。

だが、それでもエルナは子供たちの前に滑り込み、黒い球体を弾き飛ばした。

「はぁぁぁぁ!!」

しかし、そのせいでエルナの動きは止まってしまった。

そこを見逃してくれる相手ではなく、いくつもの黒い球体がエルナに向かっていき、エルナは捌《さば》き切れずに黒い球体の直撃を受けて大きく吹き飛ばされたのだった。

エルナが吹き飛ばされたのを見て、一瞬頭が真っ白になる。

そのまま霊亀に視線を向ける。

「人の幼《おさな》馴染《なじみ》になにしてくれてる……!!」

小声でつぶやき、両手に魔力を溜めて俺は大魔法の準備に入る。

だが、それをオリヒメが制した。

「なにをしておる！　早く転移させせよ!!」

オリヒメの声を聞き、俺は視線をさきほどの子供たちがいた場所に向ける。

そこではオリヒメがとっさに張ったであろう結界の中で、子供たちが泣いていた。

その姿を見て、ようやく冷静さが少し戻ってくる。

エルナが決死の覚悟で庇《かば》った子供たちだ。エルナが庇ったからオリヒメの結界は間に合ったのだろう。

ここで無駄にするわけにはいかない。

「くっ！」

転移で俺は子供たちの傍に行く。

気の強そうな女の子はこの惨事を見て、泣きじゃくっていた。そんな女の子を男の子が何とか慰めようとしている。

「軍人さんが……こっちに行けば助かるって……!!」

「な、泣かないで……大丈夫だから……」

その光景がなぜか昔の俺とエルナに重なった。

いつも泣かされたのは俺だったが、たまにエルナが泣くと俺はできるだけ泣かないようにした。

俺がなんとかしないといけないという気持ちになったからだ。

「もう大丈夫だ」

そっと二人の頭に手をのせると俺は転移門を開く。レオたちを逃がした都市への転移門だ。

「ここを抜けたらレオナルト皇子と叫び続けろ。そうすれば必ず助けてくれる」

女の子は泣いてばっかりで返事はできない。

だから俺は男の子のほうを見る。

「やれるな？　お前が守るんだ」

「……うん！」

そう言って男の子は女の子の手を引いて転移門へと入っていく。

これで心配は一つ消えた。

彼らを見送ったあと、再度転移で俺は吹き飛ばされたエルナの傍へ向かう。

「エルナ……！」

名前を呼び、駆け寄る。

エルナはぐったりとした様子で倒れており、意識はなかった。

それでも聖剣を手放さないのはさすがというべきか。見た限り大きな傷はないが、意識を失っている以上はもう戦えない。

どうにか退避させようとするが、その瞬間。俺は重力によって押しつぶされた。

「ちっ！」

舌打ちをしながら俺はエルナの周りに結界を張る。

エルナが倒れたのを見て、好機と捉えたか。そりゃあそうか。

これほどの好機は二度とないだろうからな。

俺の周りにも結界を張って、重力を緩和すると俺は霊亀のほうを振り向く。

霊亀はこちらを向いて口を開いていた。

「全力のブレスで確実に仕留める気か……」

さすがにSSランク相当のモンスターなだけある。

攻め時ってやつをちゃんとわかっているようだ。

だが、モンスターだからわかってないこともある。

「上等だ……受けて立ってやるよ……!!」

人間は時に合理的じゃない行動に出る。

ここで正面から撃ち合うのは不利だ。

逃げるのが良策だ。そんなことはわかってる。

だけど。

「この落とし前はきっちりとつけてもらうぞ、霊亀！　俺はやられたら倍返し派なんだ!!」

エルナは大切な幼馴染だ。

子供の頃。

古代魔法が使えない頃の俺を常に守ってくれていた。幾度もエルナのおかげで救われた。

エルナがいたから今の俺はある。

エルナは俺の特別だ。

それを傷つけた。しかも子供を庇ったエルナを、だ。

モンスター相手に卑怯《ひきょう》なんていうのは変かもしれない。だが、万全の体勢ではないエルナをあいつは攻撃し、傷つけた。決して許さん。

万全ではなかった。それでもきっとエルナのプライドはいたく傷ついただろう。

エルナは常に強く、自信に満ちている。

その姿を乱す奴《やつ》は絶対に許さん。

《我は銀の理《ことわり》を知る者・我は真なる銀に選ばれし者》

銀滅魔法に共通する詠唱をつぶやき、俺は両手を広げて魔力を解放する。

ブレスごと殲滅《せんめつ》してやる。

《銀雷は天空より姿を現し・地上を疾駆し焼き尽くす》

こちらが反撃に出るとわかったのか、霊亀もブレスを溜め込んでこちらを迎え撃つ。

その目は人間ごときが調子に乗るなと言わんばかりだが、こっちからすれば亀ごときが調子に乗るなと言いたい。

《其《そ》の銀雷の熱は神威の象徴・其の銀雷の音は神言の鳴響》

俺の両手に巨大な魔法陣が浮かびあがり、バチバチと銀色の雷が音を立て始める。

一方、霊亀のブレスも今までにないほど黒く強い波動を放ち始めている。

今までのブレスとは一線を画するブレスを放つ気だ。

それだけ俺とエルナを危険視しているんだろう。

上等だ。

《光天の滅雷・闇天《あんてん》の刃雷・銀雷よ我が手で轟《とどろ》き叫べ・銀天の意思を示さんがために――》

魔法陣がさらに巨大化し、銀色の雷が完全に姿を現す。

両手に宿ったそれを俺は合わせて最後の魔法名を叫んだ。

《シルヴァリー・ライトニング》

巨大な銀雷が霊亀に向かって放たれる。同時に霊亀の口から黒い球体のブレスが放たれた。

俺と霊亀の中間地点で接触したそれらは黒と銀の光を放ち、周囲の地形を変形させるほどのエネルギーでもってぶつかり合う。

「くっ……!!」

しかし少々、こちらのほうが分が悪い。

銀滅魔法は十分な時間を使って魔力を溜めないと完全な威力を発揮しない。

このシルヴァリー・ライトニングは八割といったところだ。威力不足は否めない。

それでも俺はありったけの魔力をこめて霊亀のブレスに対抗する。

それを厄介と思ったのか、霊亀は俺とエルナに向けていた重力を強める。

強い重力を感じ、俺は自分の周りの結界を解いてエルナの結界の強化に回す。

一気に体中が重くなり、思わず膝をつく。

それでも意識だけは決して途絶えさせない。ここで意識を失えばエルナがブレスに飲み込まれる。

それにシルバーの不敗伝説も終わりを迎えてしまう。

帝国が誇る二大戦力が同時に消え去れば、待っているのは地獄だろう。

そう俺の双肩には帝国の未来がのっている。

そんなことを一瞬考えて、俺はふっと笑う。

「馬鹿馬鹿しい……帝国の未来なんて知ったことか……」

そもそもガラじゃない。

そういうのが嫌だから自由な冒険者になったんだ。

俺が体を張るのはいつだって俺にとって大切なモノのためだけだ。

帝国は大切だ。でも一番じゃない。

俺は一度ついた膝をもう一度起こす。

自分の本質を思い出し、俺は気力を取り戻した。

「いくらでも来い……俺は俺の周りには手は出させないと決めている！」

押し戻されつつあった銀雷が一気に黒いブレスを押し返す。

そして銀雷が黒いブレスを貫き、霊亀にまでたどり着く。

だが、黒いブレスによって減衰させられた銀雷では霊亀にダメージなど与えられるはずもない。

霊亀は何事もなくこちらを見ている。

だが、それが間違いだ。

俺たちに注意を向けすぎた。

「ここまで近づかれても気づかんとはのぉ。よほどシルバーが危険だったと見えるのぉ」

霊亀の甲羅の上でエゴールが杖《つえ》を構える。

刀をしまい、居合抜きのような形をとっている。

そして。

「なぜわしが剣聖と呼ばれ続けると思う？」

疑問のあとエゴールは神速の速さで刀を抜き、甲羅を一閃《いっせん》する。

「それはわしに斬れん物がないからじゃ」

「グギャァァァァァ!!!!」

霊亀の甲羅に鋭く大きな傷が走り、そこから血が噴き出る。

暴れる霊亀の甲羅からエゴールは退《ひ》くが、これで霊亀の鉄壁の防御にも亀裂が入った。

あと一押し。

そんな中で俺の後ろから声が聞こえてきた。

「……アル……？」

11

バレた。

そんな言葉が頭の中をめぐる。それくらいエルナの声は親しみのある声だった。

シルバーには決して向けない声だ。

なぜバレたのか。呼び方か、それとも違う要因か。

疑問を抱きながらも、俺は覚悟を決めて振り返る。たとえバレたとしても嘘《うそ》は貫く。なんとか誤魔化《ごまか》して今は乗り切ろう。

だが、そんな覚悟はすぐに消えてなくなった。

振り向いた先でエルナは立っていた。しかし、その目は焦点が合っていなかったからだ。

「心配そうな声……出さなくても大丈夫だから……私は負けないから……」

意識が朦朧《もうろう》としているのだろうか。

いないはずの俺がいると思っているんだろう。

エルナはそんな架空の俺に対して、言葉を続ける。

「私が……アルの今を守ってあげるから……」

フラフラとしながらエルナは聖剣を構える。

その姿と言葉に俺は思わず名前を呼びそうになる。

今すぐ仮面をとって、自分はここにいると言いたくなる。俺はシルバーだから戦わなくていい。もう十分だと言いたい。

だけど、それはきっとフェアではないだろう。

ここまで意志を見せる俺の騎士はそんな半端なことは求めない。

一度決めたのならば最後まで貫くべき。筋を通すということはそういうことだとセバスは言った。

ようやくその言葉の意味がわかった気がする。

こんなにも俺のことを考えてくれている人に嘘をついている。俺の感情でそれを明かすのは無礼もいいところだ。

そんな勝手は俺には許されない。

「――意外だな。出涸《でが》らし皇子のために戦っていたのか？」

シルバーらしくはっきりとした口調でエルナに問いかける。

エルナはボーッとした様子で俺を見て、やがてゆっくりと焦点が合っていく。

そして俺がシルバーだと認識すると露骨に顔をしかめた。

「……屈辱だわ……ちょっとあなたがアルに見えてた」

「屈辱というのはこっちの台詞《せりふ》だな。出涸らし皇子と一緒にしないでほしい」

「あなたねぇ……私の前でその言葉を口にするなと言ったはずよ……？」

言いながらエルナは左手で右のわき腹を押さえる。

いつものように怒らないのはきっと怒れないからだろう。

「肋骨《ろっこつ》が折れたというのに口は達者だな」

「……その何でもお見通しっていう雰囲気を醸し出すのやめてくれるかしら？　思わず聖剣で斬りたくなるわ」

「それは怖い。さすがに俺でも聖剣は止められないのでな」

肩をすくめて俺は霊亀に視線を向ける。

甲羅をがっつり切り裂かれた霊亀は鱗《うろこ》をエゴールに集中させている。

そのためこちら側がノーマークとなった。

今度は囮《おとり》と本命が逆になった形だ。

それはエルナもわかっているだろう。だが、エルナは動かない。

肋骨が一本折れた程度じゃ平気で動くだろうから、数本折れて内臓にもダメージが入っているのかもしれない。

少し心配になるが、エルナはゆっくりと口を開く。

「気を失う前に……アルの声が聞こえたわ」

「走馬灯でも見たのではないかな?」

「あなたってモテないでしょ……？　きっとアルが心配してるのよ。私にはわかるわ」

「君らしくない、乙女チックな考え方だな」

「つくづく嫌な奴ね……幼《おさな》馴染《なじみ》だからわかるだけよ。アルは心配性だから……きっと今も心配してくれてる。だからさっさと終わらせないといけないの……アルが無茶《むちゃ》しないうちにこの問題を終わらせるのが私の役目だから」

そう言ったエルナはゆっくりと聖剣を両手で構える。

その瞬間、痛みで顔をしかめる。だが、呼吸を何度かして安定させると鋭い視線で霊亀を睨《にら》みつけた。

意識を戦闘モードに切り替えて一時的に痛みをシャットアウトしたか。

「というわけよ。シルバー、手を貸しなさい」

「なにがというわけなのか意味不明だな。君の個人的理由に俺が手を貸す理由はないと思うが？」

「出涸らし皇子って言ったでしょ？　手を貸せばチャラにしてあげるわ」

「恐ろしい女だな。君を奮起させるために言っただけだが？」

「ええ、おかげで奮起できたわ。そこだけは感謝してるわ」

「感謝が感じられないな。言っておくが気絶した君を守って、俺はかなり無理をしたんだが？」

それは嘘じゃない。エルナを守るために霊亀と単独で撃ち合った。

魔力切れではないが、大魔法を撃つのはかなり辛《つら》い。少なくとも時間がかかる。

しかしそんな俺の事情を無視してエルナは告げた。

「御託はいいわ。どうせ奥の手があるんでしょ？　今出しなさい」

「やれやれ……止《とど》めを刺すのは君だけでやるべきだろうに、俺に手伝わせるとはな。この貸しは高くつくぞ？」

「ふざけないで。私の貸しのほうがよっぽど大きいわ」

そんなやり取りのあと、俺はゆっくりと片手を頭上にあげる。

エルナの言う通り、俺には奥の手がある。エルナが起きなかったときのためにすでに布石は打っておいた。だが、エルナがいるのに使うことになるとは思わなかった。

エルナは確実にここで霊亀を消し去る気なんだろう。

《我は銀の理《ことわり》を知る者・我は真なる銀に選ばれし者》

銀滅魔法は特殊な古代魔法だ。

銀に輝く性質を有し、魔力はすべて銀属性ともいうべき属性に変化する。

《蒼天《そうてん》に満ちし神銀・緑地に散らばる真銀》

その銀属性の魔力は銀滅魔法を使用したあともその場に散らばっている。

特殊な属性に変化した魔力のため、本来なら利用することは不可能だ。しかし。

《其《そ》の銀は時に雷のごとく迸《ほとばし》り・其の銀は時に闇夜を照らす光となる》

同じ銀滅魔法ならば銀属性の魔力を使える。とはいえ何でも使えるというわけじゃない。

周囲に散らばった魔力をかき集める魔法でなければいけない。

それが俺の奥の手。

《皇貴なる天銀・無垢《むく》なる白銀》

戦場に散らばった銀属性の魔力をかき集め、一振りの剣を形作る銀滅魔法。

《真銀よ我が手に集え・かの敵を銀滅せんがために――》

周囲から集まった銀の魔力が俺の手に集い、一振りの剣を形成する。

眩《まばゆ》い銀色の光を放つその剣は膨大な魔力が集束した剣であり、それまでに使った銀滅魔法によって威力も変動する。

八割程度で使ったシルヴァリー・ライトニングによって散った魔力と今の魔力を合わせた程

度のため、全力とは程遠い威力ではあるが。

それでも霊亀に止めを刺すには十分な威力が出る。なにせ全体攻撃が多い銀滅魔法の中では珍しい一点集中型の魔法だからな。威力は銀滅魔法の中でも折り紙つきだ。

その魔法の名は。

《シルヴァリー・エンド・セイバー》

銀の終滅剣。俺の聖剣だ。

そんな俺の剣に負けないくらいの輝きでエルナの聖剣も輝いている。

俺が銀ならエルナの聖剣は黄金。

直視できないほどに輝く聖剣は今までとは何かが違う。

「我が声を聴き、覚醒せよ！　輝ける命の星剣！　勇者が今、奇跡を必要としている!!」

エルナの叫びに応えるように聖剣から黄金の光が一気に噴出する。

その勢いは俺の銀の光が霞《かす》むほどだ。

「聖剣・極光《アウローラ》第二解放……」

エルナの手によって、一つ封印が解けたのだろう。

完全ではないにしろ、これが魔王を討った勇者の聖剣に近づいた姿というわけだ。

「準備はいいかしら？　シルバー」

「もちろんだ。あちらも用意ができたらしいしな」

そう言って俺は霊亀のさらに向こう側に目を向ける。

　そこでは巨大な結界が幾重にも展開されていた。それはどんどん増え続ける。

　こちらが本気の攻撃を準備したのを見て、オリヒメがその攻撃の余波を受け止めるために多数の結界を展開したんだろう。なかなかどうして気が利く。

「あんなもので防ごうなんて……舐《な》められたものね」

「目標は結界じゃないぞ？　言っておくが」

「わかってるわよ。目標はあの弱腰の亀よ」

　そう言ってエルナは霊亀を見据える。明らかな危機を感じたのだろう。霊亀は超硬質化モードに移行し始めていた。だがもう遅い。準備を整わせた時点で詰みだ。

「思い知りなさい。ここは帝国」

「勇者と銀の魔導師がいる国だ」

「あなたは」

「お前は」

「「手を出す場所を間違えた」」

　同時に俺とエルナは腕を振るう。銀と金の光剣が霊亀に襲い掛かったのだった。

12

　銀と金の光の奔流が霊亀に向かっていく。

硬化が間に合わないと判断したのか、霊亀は口を開きブレスで迎撃を試みる。

だが、霊亀のブレスは銀と金の光の奔流を押しとどめることができなかった。

一瞬で霊亀のブレスを飲み込んだ奔流はその勢いのままに霊亀も飲み込んでいく。

霊亀は自慢の硬い体で耐えようとするが、最も硬い甲羅に傷が入っている状態では耐えるのは不可能だ。

「グギャアアアアアアアア!!!!!!」

断末魔が響き渡り、霊亀が光の中に消えていく。

そして霊亀はそのすべてを光に飲み込まれていった。しかし、それだけでは終わらない。

銀と金の奔流は混ざり合い、そのままその向こうへと進んでいく。

今度はオリヒメが用意していた結界が光の奔流を迎え撃った。結界と激突するたびに鈍い音が周囲に響き、結界を破るたびに何かが割れたときにする甲高い音が響いた。

だが、光の奔流は少しずつ勢いを衰えさせていく。

そして。

「止まったか……」

安堵《あんど》のため息を漏らしながら俺はつぶやいた。

調子に乗ってエルナとともに全力攻撃を繰り出したが、霊亀よりも被害を出しかねない攻撃ではあった。オリヒメには感謝しないとな。

「十二個の結界のうち、十個しか破壊できないなんて……」

「破壊できないことにショックを受けるのはやめろ……」

　隣でまさかという表情を浮かべているエルナに注意しつつ、俺は周囲を見渡す。

　霊亀は完全に消滅したし、ほかにモンスターも見当たらない。

　終わったと思っていいだろう。

　そんなことを考えているとエルナがそっとその場に座り込んだ。

「どうした？」

「疲れたのよ」

「君でも疲れることがあるのか？」

「か弱い女の子になんてこと言うのよ」

「どこの世界の基準でか弱いのか知りたいものだ」

「この世界に決まってるでしょ。さっさと転移門開いて。歩くのも億劫《おっくう》だから」

「我儘《わがまま》な勇者もいたものだな」

　呆《あき》れたようにつぶやきつつ、俺はオリヒメの方向に転移門を開く。向こうにはエゴールもいるだろうしな。

　合流したらレオたちのところへ飛ぶとしよう。なんて思っているとエルナがさっさと転移門に入っていく。それに続くと、転移先でオリヒメがドヤ顔を浮かべていた。

「ふふん!!　妾《わらわ》の結界こそ最上であることが証明されたな！」

「言ってなさい。あなたと言い合うほど元気じゃないの」

本当に疲れた様子でエルナはまた座り込んだ。思った以上に薄い反応を見て、オリヒメが目を丸くする。そんなオリヒメの後ろからエゴールが顔を出した。

「囮役すまんかったな。シルバー」

「お互い様だ。しかし、さすがは剣聖。甲羅を斬ってしまうとは思わなかった」

「こちらも二連続で大魔法を使うとは思わなかったわい。さすがはシルバーといったところじゃな」

互いに賞賛し、適度な距離を保つ。

オリヒメに大人の対応というものを見せつけつつ、エゴールはゆっくりとエルナに近寄る。

そして一言断ったあと、エルナの右わき腹に手を当てる。

「うむ。派手にやったのぉ。五本も折れておる。少し痛いぞ？」

「はい……」

エゴールは一瞬、エルナの右わき腹に当てていた手を動かす。本当に一瞬だったが、おそらくそれで折れた肋骨を元の位置に戻したんだろう。

「あとは治癒魔法を使えばすぐに治るじゃろう。シルバー、やってみてはどうじゃ？」

「あいにく、俺の治癒魔法は魔力消費が大きい。かつかつな状況では使いたくはない」

「最低ね……」

「もう一人くらい怪我《けが》した者がいれば使ったかもしれないが、君だけではちょっとな」

そんなことを言いながら俺はレオたちを送った都市への転移門を開く。

レオが連れてきた騎士たちの中には近衛《このえ》騎士もいる。中には治癒魔法を使える者もいるだろう。エルナの治療は彼らに任すべきだろう。そう思いつつ、俺は三人を転移門で都市まで送り届けたのだった。

■■■

都市に戻ったあとは慌ただしかった。

霊亀討伐の報告をすると都市全体がお祭り騒ぎ状態になったし、その中でレオと騎士たちはロストックから避難してきた民たちを帰す準備に追われた。

「レオナルト皇子。忙しいところ申し訳ないんだが、聞きたいことがある」

「なんだい？　シルバー」

治癒魔法をかけられたエルナだったが、疲労の色が強いため俺が帝都まで連れて行くことになった。だが、その前に聞かなきゃいけないことがあった。

「小さな子供が二人転移してきたはずだ。保護しただろうか？」

「してるよ。別室で寝てる」

そう答えたのはレオではなかった。視線を向けるとそこにはソニアがいた。

「君は……たしかゴードン皇子の軍師か。ゲルスを攻めた」

「その覚えられ方は不本意かな……それにボクはもうあの人の軍師じゃない」

「それは失礼した。それで子供たちはなんと言っていた？」

「……大勢の軍人がいたから助けを求めたら、森のほうに行けと言われたって。きっとゴードン皇子が率いていた監視部隊だよ」

俺の横でレオが一瞬、怒気を纏《まと》った。

エルナも疲れた表情はそのままだが、眉をひそめている。

「国と民を守るはずの軍人が民の保護を拒んだか……」

「きっとゴードン皇子の言い分は、ボクが率いていた部隊が森にいたからそちらへの合流を指示したってところだろうね。それでも護衛をつけるべきだし、本隊への報告を優先するなら伝令を出せばいい。結局は自分が戦場を離れたかったんだよ。あの人は」

「霊亀が相手では監視部隊程度じゃ太刀打ちできないからな。判断はわからんではないが、理解するのは一生無理そうだ」

「……このままじゃ終わらせない。皇族が民を見捨てるなんて許されない」

レオが我慢ならないといった表情でつぶやく。たしかにこのまま終わらせてはいけないだろう。だが、どれだけ訴えても軍人としての判断ミスにしかならないのも事実だ。

すでに霊亀が動き出していたことを把握していたのかどうか。把握していたなら故意だし、していないなら判断ミスだ。そして前者だと訴えても証明する術《すべ》はない。

撤退自体も間違いではない。無駄死にを避けたということで合理的な判断ともいえる。

この一件でゴードンを追い詰めるのは難しいだろう。父上の心証を悪くするのはできるだろうが、その程度のために問題を大きくするのはデメリットが大きい。

「ふむ……レオナルト皇子。この一件、任せてもらえるだろうか？」

「……なにをする気だい？」

「なに、嫌がらせをするだけさ。君の兄上を少し使うが構わないかな？」

「兄さんが頷《うなず》くなら構わないよ」

「ではこの一件は預かった。安心するといい。冒険者として抗議をするだけだ」

そう言って俺はエルナを連れて転移門に入って、帝都に移動したのだった。

■■■

「お帰りなさいませ」

「ああ」

転移してきた俺をセバスが出迎える。

シルバーの服を脱ぎ、俺は椅子に座る。エルナは冒険者ギルドから馬車に乗って、勇爵家の屋敷に帰った。疲れているようだけど、疲れているだけなら心配はない。

「今回はなかなかにまずかった……」

「それでも無事乗り切ったのなら素晴らしいことですな」

そう言ってセバスが紅茶を淹《い》れる。

そのままいくつか言葉を交わしていると、セバスが何かに気づいてフッと笑った。

「どうやら私はお邪魔になりそうです。失礼いたします」

「は？」

いきなりセバスが俺の前から消えた。

お邪魔ってなんだよ……。

そんなことを思っているとノックもなしに扉が開いた。そこにいたのはエルナだった。

「エルナ!?　どうした!?」

「疲れたからアルに会いにきたの」

「疲れたなら家で寝ろよ……。帰ってきたってことは無事に終わったってことでいいのか？」

「そうね。亀は討伐したわ。私は疲れたからシルバーと一緒に戻ってきたのよ」

エルナはソファーに座る。そしてムッとした表情を浮かべ、ソファーの隣を叩《たた》く。

「なんだ？」

「こっち来て」

有無を言わせぬ口調で告げられた俺はしかたなくエルナの隣に座る。

すると、エルナがすっと体を倒して、俺の膝を枕代わりにした。

「おい」

「言ったでしょ？　疲れたの。亀にイジメられて」

「イジメたの間違いじゃないのか？」

「失礼ねぇ……頑張ったんだから意地悪言わないでよ……」

そう言ってエルナは拗《す》ねたように口を尖《とが》らせる。

それを見て俺はため息を吐《つ》きながら、エルナの頭に手を置く。

「ここで休むより屋敷で休んだほうが絶対いいぞ？」

「屋敷に戻ったらみんな心配してきて休めないわ。ここが落ち着くの」

「そうかい。なら勝手にしろ」

「うん、勝手にするわ」

そう言ってエルナはすぐに目を閉じて寝る準備に入ってしまった。大した切り替えだ。まぁ騎士だし休めるときに休まないといけないんだろう。

このままさっさと寝る気だろうなと思いつつ、俺はエルナの頭を撫《な》でる。

頑張った騎士だし我儘の一つくらいは聞いてやろう。

「お疲れ様。よく頑張ったな」

「うん……私、頑張ったわ」

そう言ってエルナは静かに目を閉じて、すぐに規則正しい寝息を立て始めたのだった。

その寝顔はとても穏やかだった。

エピローグ

Epilogue

霊亀の討伐を終え、ひとまず帝国周辺におけるモンスターの脅威は解消された。即位二十五周年の式典で賓客を安全に呼ぶことができるというわけだ。

　これからはそれに向けて本格的な準備が始まる。今回とは違った意味で忙しくなるだろう。

「やれやれ……休む暇もないな」

「申し訳ありません……私がアル様を煽《あお》るようなことを言ったので……」

「煽る？　ああ……あれは背中を押したって言ったほうが正しいと思うけどな」

「言い方の問題です。結局はアル様が動くのに……私は口しか出していません」

　落ち込んだ様子でフィーネは言った。俺とエルナがボロボロな様子で帰ってきたのがショックだったのかもしれない。どっちも疲れ果ててたからな。けれど。

「でも君のおかげで後悔せずに済んだ。帝位争いは進んでいない。それなのに俺は多くの魔力を使うことにはなった。だが、あそこで民を見捨てれば、俺たちはエリクたちと同じになっただろう。君は正道だ。おかげで俺は道を逸《そ》れずに済む」

　何が正しいかはその時にはわからない。けれど、フィーネがいれば道を逸れずにいられる。

指針としてこれほどうってつけな人はいない。

邪道であっても、外道ではありたくない。道を外れれば俺はレオの足を引っ張るだろう。だからフィーネの存在には助けられている。

「あの時言ったはずだ。君に秘密を知られたのは僥倖《ぎょうこう》だった。口なら好きなだけ出すといい。それが俺を助けてくれる。君にそんな気はなかったとしても、俺には貴重な指針だ」

「……ご迷惑ではありませんか？　私には何の力もありません。アル様やレオ様、エルナ様……皆さんが戦場で戦うときに見ていることしかできません……」

「俺もレオもエルナも……誰かを倒したくて戦っているんじゃない。後ろにいる人たちのために戦っている。君はそれをよく認識させてくれる。それが俺たちをどれほど助けるか……」

共に戦いたいと思う気持ちはわかる。誰かが戦っているのに、自分は眺めているだけでは無力感を覚えてしまうだろう。フィーネはそういう性格だ。しかし、だ。

「でも……」

「本陣には必ず大旗を掲げる。どうしてか？　国の象徴を掲げ、兵士の士気を上げるためだ。国のためだから、家族のためだから、兵士は戦う。掲げる旗はその象徴だ。苦しくても、辛《つら》くても、その旗を見てまた立ち上がるんだ。君は俺たちにとって旗だ。見るたびに力が湧いてくる。君に自覚がなくても、君にはそういう力がある。どうしても……何かしたいと言うならどんな時も君は君らしくあれ。そうであれば俺も俺らしくあろう。どんな時でも」

自分らしくあれというのは難しい。いつでもそう振る舞えるなら誰も苦労しない。

それはそれで戦いだ。けど、後ろでフィーネがそうあり続けるならこれほど安心することはない。旗が折れないならばいくらでも戦える。

レオも旗印という側面がある。だから折れるなと言ってきた。それとは別にフィーネは守るべき存在を示す旗印。その後ろには多くの無力な民がいる。皇族としても、冒険者としても守るべき民だ。フィーネはその象徴。だからいてくれるだけでいい。

「……わかりました。アル様がそう仰《おっしゃ》るなら私は私らしくいます。ですからアル様もアル様らしくいてください」

「それでいい」

俺が笑うとフィーネも笑う。そしてフィーネはそっと紅茶を淹れた。それを飲もうとするが、その前にフィーネが俺の手に手を重ねてきた。

「どうした？」

「アル様らしく……無茶《むちゃ》をしないでくださいね？　適度に肩の力を抜いてください。私はそんなアル様を見ると安心できます。私が私らしくあるために、どうかお願いします」

「……ああ、わかったよ」

俺はフィーネの手を何度か叩いて了承した。

それがとても難しいと理解しながら。

帝位争いは激化する。エリクもそろそろ動きだすだろうし、ゴードンもザンドラも一発逆転を賭けて挑んでくるだろう。

それらをすべて凌《しの》ぎ切り、レオが皇帝になればすべて終わる。それまでは頑張ると決めている。なにせ、皇帝なんて一番面倒なことをレオに押し付けるのだから。

そんなことを思いながら俺は紅茶を飲むのだった。

最強《さいきよう》出《で》涸《が》らし皇子《おうじ》の暗躍《あんやく》帝《てい》位《い》争《あらそ》い5

無能《むのう》を演《えん》じるSSランク皇子《おうじ》は皇位《こうい》継承戦《けいしようせん》を影《かげ》から支配《しはい》する

著　タンバ

角川スニーカー文庫　22485

2021年1月1日　初版発行
2022年4月15日　3版発行

発行者　青柳昌行

発　行　株式会社KADOKAWA
〒102-8177 東京都千代田区富士見2-13-3
電話　0570-002-301（ナビダイヤル）

印刷所　株式会社暁印刷
製本所　本間製本株式会社

◇◇◇

Printed in Japan　ISBN 978-4-04-110950-2　C0193

★ご意見、ご感想をお送りください★
〒102-8177 東京都千代田区富士見 2-13-3
株式会社KADOKAWA　角川スニーカー文庫編集部気付
「タンバ」先生
「夕薙」先生

角川文庫発刊に際して

角　川　源　義

第二次世界大戦の敗北は、軍事力の敗北であった以上に、私たちの若い文化力の敗退であった。私たちの文化が戦争に対して如何に無力であり、単なるあだ花に過ぎなかったかを、私たちは身を以て体験し痛感した。西洋近代文化の摂取にとって、明治以後八十年の歳月は決して短かすぎたとは言えない。にもかかわらず、近代文化の伝統を確立し、自由な批判と柔軟な良識に富む文化層として自らを形成することに私たちは失敗して来た。そしてこれは、各層への文化の普及滲透を任務とする出版人の責任でもあった。

一九四五年以来、私たちは再び振出しに戻り、第一歩から踏み出すことを余儀なくされた。これは大きな不幸ではあるが、反面、これまでの混沌・未熟・歪曲の中にあった我が国の文化に秩序と確たる基礎を齎らすためには絶好の機会でもある。角川書店は、このような祖国の文化的危機にあたり、微力をも顧みず再建の礎石たるべき抱負と決意とをもって出発したが、ここに創立以来の念願を果すべく角川文庫を発刊する。これまで刊行されたあらゆる全集叢書文庫類の長所と短所とを検討し、古今東西の不朽の典籍を、良心的編集のもとに、廉価に、そして書架にふさわしい美本として、多くのひとびとに提供しようとする。しかし私たちは徒らに百科全書的な知識のジレッタントを作ることを目的とせず、あくまで祖国の文化に秩序と再建への道を示し、この文庫を角川書店の栄ある事業として、今後永久に継続発展せしめ、学芸と教養との殿堂として大成せんことを期したい。多くの読書子の愛情ある忠言と支持とによって、この希望と抱負とを完遂せしめられんことを願う。

一九四九年五月三日